Un perdant magnifique

De la même autrice

Gratia
Éditions de l'Olivier, 1992

Les Apparitions
prix Goncourt du premier roman
et prix France Télévisions
Éditions de l'Olivier, 1995
Points n° P4078

L'Abandon
Éditions de l'Olivier, 2002

Le Garçon incassable
prix Renaudot du livre de poche
Éditions de l'Olivier, 2013
Bibliothèque de l'Olivier, 2021
Points n° P3302

La Sainte Famille
Éditions de l'Olivier, 2016
Points n° P4647

Une bête aux aguets
Éditions de l'Olivier, 2020
Points, 2022

Florence Seyvos

Un perdant magnifique

ÉDITIONS DE L'OLIVIER

ISBN : 978.2.8236.1955.3

1

Il somnolait toute la journée, assis sur le canapé, la tête renversée en arrière, les mains à plat sur ses genoux. Il était devenu très maigre. J'étais fascinée par l'armature de ses os sous le pyjama. Ses yeux s'étaient creusés. Quand il les ouvrait, il avait l'air méchant ; quand il les fermait, il avait l'air d'un mort. De temps en temps, je m'approchais pour vérifier qu'il respirait toujours. J'avais peur qu'il meure sans bruit près de moi, sans que je m'en aperçoive.

La nuit venue, il s'éveillait. Il furetait dans la cuisine comme un insecte. Une fourchette à la main, il mangeait devant le frigo ouvert trois rondelles de concombre, deux macaronis coagulés, quelques petits pois. Il trouvait tout mauvais et se jetait alors sur ce qu'il y avait de plus sucré.

Il s'énervait parce que ma mère avait une façon irrationnelle, selon lui, de ranger les choses. Il ouvrait toutes les portes des placards, tous les tiroirs, furieux contre moi parce que j'étais complice ou que je n'étais pas fichue de devancer ses désirs et de lui venir en aide. Quand il était rassasié, il fumait, entouré de barquettes de fromage blanc vides, de pots de confiture ouverts, de cellophanes froissées.

– Va te coucher, au lieu de me tenir compagnie, disait-il.

Je restais. Je rêvais de m'échapper, mais je restais. Il me tendait son paquet et nous fumions l'un en face de l'autre en silence. Il allumait cigarette sur cigarette et faisait tomber sa cendre à petits gestes secs. Le cendrier débordait de mégots et de filtres à nicotine aux granulés jaunis, qui exhalaient leur odeur pestilentielle. Si j'esquissais un geste pour ranger, il m'ordonnait de me rasseoir.

– Tu vois, j'ai le sac-poubelle à côté de moi, j'aurai tout nettoyé en trois minutes. Ta sœur est déjà couchée ?

– Je crois qu'elle lit dans sa chambre.

Souvent, pour éviter de le croiser, Irène montait dans sa chambre sitôt son dîner avalé. Jacques ne cessait de lui faire des remarques sur sa coiffure – C'est informe, disait-il – et sa façon de s'habiller. Il avait en aversion une chemise qu'elle portait sept jours sur sept, la lavant le soir pour la remettre le lendemain, une sorte de blouse à petits carreaux vert pâle, qui lui descendait jusqu'à mi-cuisses. Ma mère montait dans sa chambre très tôt, elle aussi. Elle était épuisée. Parfois quand je passais dans le couloir, je voyais le rai de lumière s'éteindre sous sa porte, il n'était même pas 10 heures. Nous étions donc seuls, lui et moi, seuls avec le bruit du vent dans le jardin, la nuit noire et nos reflets dans les vitres de la cuisine. Il avait installé une petite lampe de chevet sur la table parce que la lumière du plafonnier lui faisait mal aux yeux. Cette table était sa cabane, il avait tout à portée de main, ses lunettes, le journal au cas où il aurait eu envie de le lire, mais en général il ne l'ouvrait pas, des médicaments, du Sopalin, et chaque soir un sac-poubelle neuf, bien ouvert sur la chaise à côté de la sienne.

Je cherchais des sujets de conversation, qui s'épuisaient parfois en une minute. Je lui donnais des nouvelles de mes camarades du lycée, ceux qu'il connaissait et que je n'osais pas inviter à la maison, par peur de le déranger, surtout par peur qu'ils le voient errer en pyjama, hirsute, les yeux fous. Je leur disais, En ce moment mon beau-père est là, c'est un peu compliqué, et ils ne posaient pas de questions. J'avais des souvenirs pénibles de l'année précédente – eux aussi, sûrement – quand il faisait irruption au milieu de nos parties de cartes : Excusez-moi, Nicolas, c'est bien Nicolas, votre prénom ? Nicolas, auriez-vous l'amabilité de garer votre mobylette de sorte qu'elle ne dépasse pas du hangar ? Merci. C'est une vision assez pénible. C'est positivement hideux, ce porte-bagages de mobylette qui dépasse. Par ailleurs, Nicolas, le disque que vous avez mis tout à l'heure, c'était bien Coltrane, n'est-ce pas ? Quelle année ? Fabuleux, fabuleux. Je me rappelais les visages de Nicolas, d'Olivier, de Laurence, en état de sidération, et leur soulagement dès qu'il avait disparu, nos rires étouffés. Fabuleux, fabuleux.

Je lui tenais compagnie, soir après soir. Je n'aurais pas supporté de rester dans ma chambre, sachant qu'il allait se réveiller dans le salon vide et commencer ses errances nocturnes, son occupation maniaque de la cuisine.

Nous avions toujours été les deux couche-tard de la maison. Quand nous vivions encore tous les quatre à Abidjan, ma mère m'envoyait me coucher à 9 heures, parce que les cours commençaient le matin à 7 heures et demie. Je lisais un peu et je me relevais, une heure plus tard, incapable de dormir. Je trouvais Jacques à la cuisine, il fumait en finissant un verre de vin. Tu devrais être au lit, Anna. Je déclarais que je n'avais pas sommeil et il n'insistait pas. Je me faisais une tasse de citronnelle. Je m'asseyais en face de lui, à la table amovible qui traversait la petite cuisine, et nous bavardions. J'avais l'impression de traîner dans un bar, comme une adulte. La plupart du temps, nous parlions de musique. Au bout de la deuxième ou troisième fois, il m'avait demandé, Est-ce que tu sais jouer aux échecs ? Il était allé chercher l'échiquier, dans un tiroir du meuble de la salle à manger, et il avait commencé à m'apprendre les déplacements de chaque pièce. Il était extrêmement patient. Au début, il m'arrivait de réfléchir un quart d'heure ou vingt minutes avant de jouer. Jacques attendait tranquillement. Il se resservait un verre de vin et remplissait de granulés son fume-cigarette, un objet étrange et tout sauf élégant, qu'il avait fait fabriquer et sur lequel il adaptait un embout maintenu avec du sparadrap. Pendant que je réfléchissais, il ne disait rien qui pût m'aider, ou me troubler. Et moi, je pensais à la chèvre de monsieur Seguin qui s'était battue toute la nuit contre le loup. Certaines phrases du conte me revenaient à l'esprit. Je me battais, la tête baissée. Je parais les attaques avec mes cornes, du mieux que je pouvais. Je perdais toujours, mais de moins en moins vite. Jacques ne me faisait pas de cadeau, et cela me rendait fière. Simplement, quand il avait le choix, il se contentait de me prendre un pion ou un cavalier plutôt que ma reine, sachant que la perte de ma reine me plongeait toujours dans un abattement insurmontable, un véritable chagrin. Et vers minuit, que la partie fût terminée ou pas, il me disait : Je crois qu'il faut que tu ailles dormir, maintenant. J'allais me coucher, je pensais que j'avais la tête trop pleine de diagonales, de cases et de calculs pour m'endormir, mais je tombais comme une masse.

Et cet hiver-là, nous retrouvions quelque chose de cette habitude, comme une réplique déformée, grimaçante, mais à laquelle je ne voulais pas renoncer. Plus de partie d'échecs, nous ne faisions que parler et fumer, puisque je fumais, à présent, moi aussi. Nous restions ensemble parfois jusqu'à 2 ou 3 heures du matin, comme si nous avions ouvert une brèche dans la nuit et qu'il nous fallait occuper ce territoire gagné sur un ennemi invisible. Ce territoire, si inconfortable fût-il, nous ne pouvions pas le lâcher. L'ennui, l'agacement, les silences parfois interminables, la fumée de plus en plus opaque qui me donnait mal à la tête, tout valait mieux que d'aller se coucher, tout valait mieux que d'éteindre. Alors nous parlions de n'importe quoi, absolument n'importe quoi, de la température extérieure, exceptionnellement froide pour un hiver havrais, des cimetières d'éléphants, de musique répétitive, que je défendais et qui l'agaçait – C'est exaspérant, s'écriait-il en insistant sur le *xas* –, mais de toute façon tant de choses l'agaçaient. Il ne pouvait rester concentré longtemps sur un sujet. Il m'écoutait en hochant la tête, froissait un paquet de cigarettes vide, en ouvrait un autre et disait soudain : Tu m'as racheté de la chicorée ?

Il lui fallait des provisions en permanence. Il y avait eu la semaine du Viandox, la semaine de l'Antésite et ensuite celle de la chicorée. Il buvait aussi des litres de jus de fruits et de boissons gazeuses. J'allais au supermarché deux à trois fois par jour. J'étais soulagée qu'il n'eût plus la force de m'y accompagner. La dernière fois qu'il l'avait fait, il s'était assis sur le tapis roulant d'une caisse fermée, les pieds dans le vide, frissonnant dans son manteau à carreaux démodé d'où dépassait un bas de pyjama jaune. J'avais eu peur qu'on le jette dehors avant que j'aie fini de payer.

Notre mère avait tout de suite compris qu'il était atteint de diabète. Elle l'avait deviné le jour même où elle était allée le chercher à l'aéroport. Elle avait fait deux heures de route pour lui éviter de prendre le train jusqu'au Havre. Ce jour-là, nous les avions attendus, Irène et moi, nerveuses, nous chamaillant toutes les cinq minutes, partagées entre l'excitation de le revoir – nous ne l'avions pas vu depuis un an, depuis le Noël précédent dont le souvenir nous hantait – et l'espoir que l'avion aurait du retard, et que peut-être il leur faudrait dormir à Paris.

Il n'avait pas pu acheter son billet d'avion, ils étaient très chers au moment de Noël. Notre mère m'avait demandé si elle pouvait utiliser mon livret de Caisse d'épargne, qui était mieux pourvu que celui d'Irène parce que je ne l'utilisais jamais. C'était exactement le montant du billet. Je ne sais pas si elle avait dit à Jacques d'où venait l'argent.

Quand la porte s'est ouverte, la surprise et l'effroi nous ont glacé le sang. Il portait sur les épaules le blouson en faux daim beige de notre mère, et aussi son châle rose noué autour du cou. Pour tout bagage, il n'avait qu'un sac en plastique. Il s'est assis comme un vieillard sur la chaise de l'entrée et a dit : Ça fait du bien de vous revoir, mes agneaux.

Il a catégoriquement refusé de voir un médecin.

Quelques jours après son arrivée, il avait repris des forces, un peu de poids, aussi. Il se sentait mieux, il a décidé que nous irions dîner dehors, dans une sorte de café russe dont il avait le souvenir, en centre-ville. Il a dit que nous partirions à 7 heures. À 7 heures moins dix, nous étions prêtes et nous attendions au salon, nous ne voulions pas le contrarier. Jacques n'avait pas fini de prendre sa douche. Puis nous avons entendu le bruit de son rasoir électrique. Il est passé devant nous, parfumé, les cheveux soigneusement peignés sur le côté, vêtu d'une chemise blanche boutonnée jusqu'au col et d'un blazer en laine, il est descendu à la cave à la recherche d'une paire de chaussures qu'il était certain d'avoir rangée là, l'hiver précédent. Il a fini par les retrouver mais elles ne lui plaisaient plus. Il en a cherché d'autres, ce qui a pris encore un certain temps. Il les a cirées. J'étais sur le canapé, à côté d'Irène. Je lisais *L'Idiot*, incapable de me concentrer, reprenant trois fois le même paragraphe, et Irène feuilletait *Télérama* en froissant exagérément chaque page qu'elle tournait. De temps en temps nous levions le nez et échangions un regard. Irène relevait sa manche et jetait un coup d'œil appuyé à sa montre. Notre mère était assise à son secrétaire, elle classait des papiers. À 8 heures moins vingt, Jacques a enfilé son manteau et a dit : Nous sommes prêts, mes enfants.

Dans la voiture, nous n'avons pas parlé. Quand je repense à cette période, c'était comme si notre mère avait perdu la voix. Elle ne disait jamais rien, elle ne disait que les phrases qui lui paraissaient absolument nécessaires, N'oubliez pas de baisser le chauffage avant d'aller vous coucher, Quelqu'un a fermé la porte à clé ? d'une voix détimbrée. Tout lui semblait égal. C'est elle qui a pris le volant, tandis que Jacques garnissait de granulés son fume-cigarette. Elle a garé la voiture un peu avant les Halles. Il faisait presque moins dix et j'ai regretté de ne pas avoir emporté de gants. Nous avons suivi Jacques qui marchait lentement, sa sacoche à l'épaule. Irène a pris le bras de notre mère. Nos pas résonnaient dans l'air glacé, les rues étaient quasiment vides. L'entrée de la Datcha était doublée d'un rideau sombre dans les plis duquel nous nous sommes emberlificotés, avant de trouver l'issue. Il y avait deux grandes salles aux murs de bois clair, garnies de petites tables basses. Tapis au sol, lumières tamisées dans les tons orangés, canapés recouverts de tissus. Seules deux ou trois tables étaient occupées. Nous avons choisi la nôtre, Jacques et notre mère se sont assis sur le canapé, Irène et moi sur les tabourets, ce qui faisait que nous les surplombions légèrement. Jacques a aussitôt commandé de la vodka. Notre mère a refusé la vodka et commandé un kir. Irène et moi avons pris du thé et nous nous sommes partagé un verre de vodka que nous sirotions délicatement à tour de rôle, pour le plaisir de sentir les picotements qui restaient sur nos lèvres longtemps après le contact avec l'alcool. Peu à peu nous nous sommes enhardies à boire de petites gorgées. J'ai très vite eu l'impression de tanguer sur mon tabouret. J'ai englouti une grande quantité de pirojkis, leur croûte était dure et ils avaient un goût de réchauffé, mais je ne pouvais pas m'arrêter. Jacques aussi mangeait beaucoup, nerveusement. Nous parlions à peine, nous étions empruntés. C'était Irène et moi qui faisions le plus d'efforts. Nous feignions, sans y parvenir, de retrouver un peu de l'atmosphère de certains dîners, autrefois, à Abidjan, quand Jacques nous emmenait au restaurant vietnamien au bord de la lagune, ou quand nous fêtions un anniversaire à la maison. J'ai une photo d'Irène et moi, dans la salle à manger d'Abidjan, où nous sommes toutes deux en pyjama. Irène est debout sur une chaise et imite Maria Callas, elle chante à pleins poumons

Si je t'aime prends garde à toi, je suis debout près d'elle et je lève une coupe de champagne dans sa direction, tout en faisant semblant de fumer, quatre cigarettes entre les lèvres. Avec mes lunettes et mes cheveux courts, je ressemble à Jerry Lewis.

Et ce soir-là, assis autour de notre petite table, nous nous encouragions du regard, à l'affût d'un sujet de conversation, d'un souvenir, et rien ne nous venait.

Des musiques plus ou moins russes sortaient de petits haut-parleurs, des versions instrumentales de chansons traditionnelles. Irène a reconnu une chanson dont elle savait les paroles par cœur et s'est mise à la chanter doucement, en se penchant au-dessus de la table. Nous nous sommes penchés, nous aussi, pour mieux l'entendre. Comme elle avait peur d'attirer l'attention des autres clients, sa voix tremblait chaque fois que la mélodie montait dans les aigus. Irène chantait très juste et avait une jolie voix, avec un vibrato irrésistible, un peu irrégulier. Souvent nous lui demandions de chanter, nous la suppliions même, mais quand nous insistions, elle ne cédait jamais. Jacques aussi chantait juste, il n'osait pas chanter devant nous mais il avait appris à Irène des chansons italiennes, *Bella ciao*, *Avanti popolo*. Il n'avait eu qu'à les lui chanter deux ou trois fois pour qu'elle les mémorise. Quand Irène chantait, Jacques était totalement fasciné. Il n'osait pas bouger, de peur de l'interrompre. À la fin de la chanson, nous avons applaudi en silence. Jacques a commandé un quatrième verre de vodka, puis un cinquième, avant que notre mère donne le signal du départ.

Quand nous sommes sortis, Jacques a été saisi par le froid. Nous sommes montés dans la R5, il s'est assis à la place du conducteur et a reculé le siège. Il était secoué de tremblements violents et s'accrochait au volant pour essayer de les contenir. Il a mis le moteur en marche et notre mère a réglé le chauffage au maximum. Il a commencé à crier comme s'il voulait apostropher quelqu'un dehors, à l'autre bout de la rue. Il criait de froid. Ça me transperce, ça me transperce, criait-il. Irène et moi n'osions même pas nous regarder. Ça y est, la voiture se réchauffe, a dit ma mère, doucement. Quand ses tremblements se sont calmés, il a démarré sans un mot. Les rues étaient désertes à présent, il n'y avait plus aucun bar ni restaurant ouvert. Nous avons croisé, incrédules, une fontaine gelée dégoulinante de glace. La température ne cessait de monter dans la voiture, qui devenait une étuve, nous nous sommes mises à suer dans nos manteaux. Devant la maison, Jacques a pris sans à-coups le virage en épingle pour s'engager dans l'impasse au bout de laquelle se trouvait notre garage. Il a garé la voiture, éteint les phares et coupé le moteur. Oh merci, Jacques, pour cette soirée, c'était vraiment une très bonne soirée, a dit Irène, le plus chaleureusement possible, la main sur la portière, et j'ai renchéri, prête à bondir dehors. L'obscurité cachait nos sourires tombants.

– Attendez, mes enfants. L'idée de retourner dans ce froid. Il faut que je reste encore un peu dans la voiture. Vous ne savez pas ce que c'est.

J'ai senti Irène grimacer dans le noir.

– Ce froid qui m'a saisi tout à l'heure, j'ai cru qu'il allait me tuer.

– Il n'y a plus que quelques pas à faire et tu seras dans la maison, au chaud, a murmuré ma mère.

Lentement, infiniment lentement, Irène a tiré la poignée vers elle.

– Personne ne sortira de cette voiture avant que j'aie fini de parler.

Irène a lâché la poignée et posé sa main sur son genou. Nous avons laissé échapper un soupir silencieux, mesurant chaque millimètre cube d'air que nous expirions. Nous savions que le moindre signe d'impatience multiplierait par deux le temps que nous allions passer dans cette voiture, sans lumière, sans bouger.

– Vous ne savez pas ce que c'est que de se battre chaque jour, chaque minute pour qu'un contrat soit signé. Vous ne savez pas ce que c'est que de devoir relancer quelqu'un chaque semaine, chaque foutue semaine, pour qu'une échéance soit payée. De vivre ces journées épouvantables, l'une après l'autre, de 6 heures du matin jusqu'au soir, tendu vers le seul but de pouvoir revenir ici, auprès de vous.

Il parlait sans élever la voix, mais en scandant chaque mot.

– Travailler suffisamment pour pouvoir vous rejoindre et rester ici deux mois. Travailler suffisamment pour pouvoir vendre cette entreprise dans deux ans et venir m'installer ici avec vous. Vous ne savez pas ce que c'est que de rappeler dix fois dans la même journée quelqu'un qui ne vous prend jamais au téléphone. Parce qu'il vous doit de l'argent et qu'il ne peut pas vous payer.

Pendant qu'il parlait, les molécules d'air chaud autour de nous s'éteignaient comme des étoiles à bout de course, et le froid a peu à peu envahi la voiture. Irène et moi gardions les dents serrées, nous attendions que la perfection de notre silence cesse d'être le signe de notre respect et de notre obéissance pour devenir celui de notre réprobation, de notre effronterie. Nous avions toujours fait comme ça avec lui, depuis que nous le connaissions. Toujours il rendait les armes car il avait peur de nous perdre.

Ce soir-là chacune est directement montée dans sa chambre et Jacques est resté seul dans la cuisine.

Je me suis glissée sous ma couette sans me déshabiller. L'effet de la vodka ne s'était pas tout à fait dissipé. Je me suis demandé comment nous allions tenir jusqu'au départ de Jacques.

Il m'arrivait parfois de désirer qu'il sorte de notre vie. Même si depuis notre installation au Havre, nous ne le voyions plus beaucoup, sa présence nous faisait l'effet d'une main de fer posée sur nos journées. Et quand il n'était pas là, il pesait sur notre vie d'une autre façon. Alors quelquefois je faisais le vœu enfantin qu'il disparaisse, sans drame, par simple enchantement. Je mets les mains sur mes yeux, je compte jusqu'à trois, et tu disparais.

Quand Jacques est mort, sûrement ai-je éprouvé de la culpabilité. Il est mort quelques mois après ce séjour au Havre et son soliloque dans la voiture. Mais ce n'est pas la culpabilité qui me fait écrire aujourd'hui, je crois. En tout cas pas celle-ci. Plutôt la culpabilité de l'avoir, d'une certaine manière, abandonné, de ne pas lui avoir rendu justice, ou d'être restée du côté de ce qui était raisonnable, tandis qu'il ne vivait, lui, que dans la démesure.

2

L'hiver précédent, Jacques était arrivé d'Abidjan deux jours avant Noël. Il n'était pas encore malade, ou s'il l'était, il n'y en avait aucun signe. Il était apparu, souriant, détendu, malgré les neuf heures d'avion et les deux heures de train. Il était pressé de faire les aménagements qui s'imposaient dans cette maison où il n'avait passé qu'une dizaine de jours depuis qu'il l'avait achetée.

Le jour même de son arrivée, après m'avoir priée de changer de pantalon car mon jean était troué, il est descendu en ville acheter une machine à écrire électrique, puis il a installé son bureau sur la table de la salle à manger, la seule table correcte, disait-il, dans cette maison. Il avait aussi acheté du papier millimétré et a commencé à dessiner les plans du mur qu'il voulait faire construire au fond du jardin car la haie de thuyas ne suffirait pas, selon lui, à nous séparer des voisins. Il fallait remplacer le grillage derrière les thuyas par un mur. Il en a profité pour dessiner les plans d'une table décente, c'était son expression, qu'il voulait faire fabriquer sur mesure pour la cuisine. Pendant ce temps, Irène et moi aidions notre mère à faire des courses pour le repas du réveillon. Nous avons acheté une dinde, un sapin, du champagne, du riesling,

Jacques demandait expressément à ce qu'il y ait du riesling. Le 24, en début d'après-midi, après avoir engagé un maçon pour le mur du jardin, il a dit qu'il allait déposer les plans de la table chez l'ébéniste. À 17 heures, il n'était pas encore rentré. La table était mise – il avait fallu déplacer toutes les affaires de Jacques et les planquer dans un coin, derrière le canapé –, nous avions sorti les verres en cristal de notre grand-mère et disposé du houx sur la nappe. Une inquiétude sourde nous gagnait toutes les trois. Nous sentions que ce Noël serait épouvantable, mais nous ne savions pas encore de quelle façon. Irène et moi nous nous déplacions au ralenti, comme dans du coton, les bras ballants, nous avions besoin de mollesse pour absorber l'électricité qui excitait nos nerfs. Dressé près d'une fenêtre, le sapin était nu. Irène a ouvert un paquet de cigarettes et s'est mise à les poser une à une au bout des branches. J'y ai ajouté les pelures d'une clémentine que je venais de manger, et nous avons poursuivi ce que nous nommions, avec un enthousiasme et une gaieté feints, l'outrage du sapin. Petites cuillers, Kleenex froissés, plaquettes de médicaments. Ma mère est arrivée de la cuisine et s'est arrêtée sur le seuil.

– Enlevez-moi tout ça, s'il vous plaît. Les décorations sont dans le placard du deuxième étage. Dépêchez-vous, j'ai besoin d'aide à la cuisine.

Dans la cuisine, il y avait la dinde, laide, hostile, qu'aucun plat ne semblait pouvoir contenir.

Ma mère la regardait avec perplexité.

– Je crois qu'il faut la masser avec de l'huile. Je ne suis pas sûre, je n'ai jamais fait de dinde.

Je n'ai pas pu m'empêcher de lui dire :

– Pourquoi tu fais une dinde si tu ne sais pas comment on la cuit ?

– J'ai voulu bien faire. Ça ne doit pas être si compliqué.

J'ai failli lui demander ce qu'elle cuisinait autrefois, quand notre père et elle étaient encore mariés, avant qu'elle parte vivre à Abidjan avec Jacques et qu'Irène et moi la rejoignions là-bas. Pendant ces années d'Afrique, nous avions toujours fêté Noël en France, chez notre grand-mère en Savoie, ou chez Suzanne, la sœur de Jacques, dans le Perche. Nous étions alors les expatriés accueillis, choyés. Il y avait très longtemps que ma mère n'avait pas préparé un vrai repas de Noël. Et les Noëls d'avant le divorce, je n'en avais, bizarrement, aucun souvenir.

J'ai commencé à verser de l'huile sur la peau fraîche et ferme de la dinde. Les pousses de duvet brûlées à la flamme lui donnaient un air furieux. Tout en la massant, je ne pouvais m'empêcher de lui flanquer des petites claques.

À 17 h 30, des meubles sont arrivés. Une camionnette s'est garée dans l'impasse, on a sonné à la porte. Dans les dernières lueurs du soleil couchant, un bureau Louis XVI a traversé le jardin, puis un semainier, une bergère, un couple d'encoignures, six chaises assorties, portés par l'antiquaire lui-même, accompagné de sa femme, dont les talons aiguilles s'enfonçaient de travers dans les graviers. Jacques est apparu à son tour dans le jardin, tenant dans ses bras un petit meuble enveloppé dans une couverture grise. Je suis sortie à sa rencontre pour l'aider, mais j'avais les mains encore pleines d'huile et je les ai ouvertes bêtement en geste d'impuissance. Jacques est passé devant moi, l'air à la fois grave et exalté. C'est un bonheur-du-jour, il est d'une beauté renversante, m'a-t-il jeté, un peu comme si je venais de contester la perfection d'un Vermeer.

Le salon-salle à manger ressemblait à un tourbillon, à un jeu de chaises musicales géant, Jacques dirigeait les manœuvres, courait d'une extrémité à l'autre, prêtait main-forte à gauche, à droite, pressait Irène de déplacer un tapis, de descendre nos anciennes chaises à la cave, de débrancher les lampes pour les poser ailleurs. Mais qui a mis ce bordel derrière le canapé ? Anna, monte ça dans la chambre, s'il te plaît. Il faut laisser de l'espace devant la porte-fenêtre, a-t-il répété plusieurs fois. Irène et moi nous nous sommes regardées, attendait-il un autre meuble encore, plus volumineux ? Anna, il reste deux lampes dans le coffre de la voiture, va vite les chercher ! En filant me laver les mains à la cuisine, j'ai presque heurté ma mère. Elle s'appuyait au bord de la gazinière, comme si le souffle lui manquait. Son visage était très pâle, ses yeux fixes. J'ai voulu lui demander si ça allait, ce qui n'était manifestement pas le cas. Au lieu de cela, je lui ai dit : J'y vais, il paraît qu'il y a encore des lampes dans le coffre de la voiture.

Je me suis étonnée de ma propre brutalité.

Sur la place de l'église, il y avait trois types avec des mobylettes. Ils se partageaient une bouteille de pastis qu'ils avalaient au goulot. Ils ne m'ont pas quittée des yeux tandis que je récupérais les lampes, que je fermais le coffre de la R5 puis la porte du garage. La camionnette de l'antiquaire était garée à l'entrée de l'impasse, portes béantes. J'ai posé mon chargement par terre, pour les refermer. Les types me regardaient toujours, nos regards se sont croisés. L'église était illuminée à l'intérieur et des accords d'orgue ont soudain retenti à travers les vitraux, sans doute l'organiste répétait-il pour la messe de minuit. Ça les a fait rire, ou peut-être était-ce moi, avec mes lampes, qui les amusais.

Quand je suis rentrée dans la maison, Jacques avait sorti des flûtes à champagne et servait un apéritif. Je me suis approchée de l'antiquaire, c'était un homme mince, aux cheveux grisonnants, timide, avec un regard vif et doux derrière ses lunettes rectangulaires. Il portait un costume un peu trop large pour lui. Je lui ai dit qu'il y avait des types bizarres dehors qui regardaient la camionnette, et qu'il serait peut-être plus prudent de la fermer à clé. Alors il est sorti. Sa femme ne cessait de croiser et de décroiser les jambes sur le canapé, faisant crisser ses collants sous sa jupe. Elle portait un tailleur crème sur un chemisier en soie, ses poignets tintaient à chaque geste. Les efforts qu'elle venait de fournir avaient dérangé son chignon, dont une mèche s'échappait et pendait sur son oreille, mais elle rayonnait. Autant la catastrophe se lisait dans les yeux de ma mère, autant les siens brillaient de satisfaction. Il y avait une laideur en elle qui s'attachait à chacun de ses gestes, à chacune de ses phrases. Je voyais qu'elle était sensible au charme de Jacques, à son élégance, sa courtoisie, à la précision de son langage, mais qu'au fond elle le toisait. Chaque fois que je posais les yeux sur elle, je l'imaginais en train de ranger le chèque de Jacques dans un tiroir avant de quitter le magasin, dans un cliquetis de bracelets, le visage déformé de plaisir. Et je devinais que c'était ce plaisir qui lui faisait éprouver pour Jacques une forme de mépris. D'autant que, nous l'apprendrions plus tard, il n'y avait pas un chèque, mais trois, échelonnés jusqu'à la fin du mois de février. Une vente pareille, le 24 décembre, ça valait bien la peine de s'abîmer les ongles, d'érafler ses talons dans les graviers – puisque son mari avait stupidement dit au manutentionnaire de partir plus tôt. Cela valait bien la peine de monter dans la camionnette sale et d'être en retard pour son propre réveillon. De chacun de ces petits sacrifices, elle tirait une fierté, celle d'avoir gagné chaque centime. Plus je la regardais, plus je comprenais que c'était cette fierté qui m'était insupportable.

– Vous êtes sûre que vous n'auriez pas préféré du cassis ? a demandé Jacques. Anna ou Irène peuvent aller en chercher, le supermarché est juste à côté.

Elle buvait son kir en essayant de préserver son rouge à lèvres, la tête un peu trop renversée en arrière à chaque gorgée.

– Ça va très bien, je vous assure, en fait je préfère le kir framboise. Surtout quand c'est un kir royal.

– Dès que j'ai vu ce bonheur-du-jour dans la vitrine, j'ai été frappé par sa beauté, a dit Jacques en la resservant.

– Il est très raffiné. L'emplacement que vous avez choisi est parfait, ça le met bien en valeur.

Elle a posé les yeux sur l'espace vide devant la grande porte-fenêtre.

– Et lui, il arrive quand ?

– Chut, a répondu Jacques en souriant, c'est une surprise.

Notre mère était toujours dans la cuisine. Irène s'est penchée vers moi et m'a glissé à l'oreille :

– Pourquoi cette pute est au courant et pas nous ? Je te parie que c'est un tapis. À tous les coups, c'est un tapis. Un tapis ancien à un million de dollars.

À mon tour, j'ai chuchoté :

– Est-ce que maman le sait ? Il faut aller lui dire, non ?

– Je crois qu'elle sait que ce n'est pas fini, m'a répondu Irène, et elle a haussé les épaules. Qu'est-ce qu'on peut y faire ?

L'antiquaire était revenu et commençait à ramasser et plier les couvertures qui avaient servi à protéger les meubles.

– C'est vrai que nous avons un réveillon, nous aussi ! On allait presque l'oublier, a dit sa femme.

Quand ils sont partis, un silence étrange est descendu sur le salon, rythmé par le scintillement régulier du sapin. Maud, a crié Jacques, viens voir ! Mais notre mère n'est pas sortie de la cuisine. Non, ne viens pas voir tout de suite, s'est repris Jacques aussitôt, nous n'avons pas fini ! Il a demandé à Irène de mettre un disque. Lui-même était en quête d'ampoules pour les nouvelles lampes. Irène a objecté qu'elle ne savait pas quoi mettre.

– Quelque chose de gai, quelque chose de circonstance, les chants de Noël par Alfred Deller.

Quand toutes les lampes ont été allumées et que la voix d'Alfred Deller s'est élevée dans le silence comme si elle s'échappait de sous la mousse d'une forêt anglaise, Jacques a regardé autour de lui, lentement, ce salon qui s'approchait de son rêve de perfection, puis il a posé sa main sur mon épaule et m'a dit : Maintenant, tu peux aller chercher ta mère.

À la cuisine, ma mère pleurait. Quand je suis entrée, elle était face à la fenêtre et me tournait le dos. Ses épaules étaient secouées de spasmes. J'ai arraché une feuille de Sopalin et la lui ai tendue. J'ai maladroitement frotté son bras.

– Il connaît le montant de notre découvert, je le lui ai

rappelé hier, a-t-elle murmuré en regardant droit devant elle. Il est tellement élevé que je n'ose même pas te le dire.

Ses yeux se sont levés vers moi, elle avait cessé de pleurer.

– Il va falloir rendre ces meubles. Je ne sais pas comment on va faire, mais il faudra leur demander de ne pas encaisser le chèque. Il n'y a pas d'autre solution. Il faudra les dédommager, sûrement…

Elle a pris le Sopalin, l'a posé contre son visage, deux marques humides et grises de maquillage ont transpercé la feuille. Elle a soigneusement tamponné ses yeux, fourré le Sopalin dans la poche de son tablier et s'est dirigée vers le salon. J'ai entendu la voix de Jacques qui s'écriait : Regarde comme c'est beau ! Et à cet instant, j'ai vu la voiture de mon père se garer dans l'impasse.

C'était Jacques qui avait tenu à inviter notre père et Katia à fêter Noël avec nous. Chaque fois qu'il était en France, il voulait absolument les voir. Ce n'était pas à cause de nous, les enfants. Nous n'avions rien à voir là-dedans, je crois. Il y avait d'abord eu un déjeuner atroce, un jour, dans une brasserie. Un déjeuner qui n'avait été qu'un fleuve de silence épais, entrecoupé de politesses, Est-ce que votre viande est assez saignante ? Oui, merci, elle est parfaite. Je me souviens que notre père était extraordinairement sur la défensive, et aussi qu'il avait testé Jacques de façon assez agressive sur plusieurs questions politiques, dans le but de lui faire dire qu'il n'était pas de gauche, ce qui était la vérité. Jacques était resté très courtois. À la fin, ils s'étaient disputé l'addition. Jacques avait quitté la table pour aller régler, mon père s'était levé brusquement et l'avait presque bousculé pour lui passer devant, mais Jacques avait tranquillement pris un raccourci entre deux tables et s'était arrangé avec le maître d'hôtel. Mon père était blanc de colère. Ma mère lui avait dit qu'il n'y avait pas de quoi s'énerver, que Jacques avait lancé cette invitation et qu'il fallait le laisser payer.

Ce qui était étrange, c'était que Jacques ne s'était pas découragé. Au contraire, il avait lancé une deuxième invitation, une troisième, une quatrième, comme s'il s'agissait du rituel le plus naturel du monde, comme s'il considérait Katia et mon père désormais comme de vieux amis.

À ma connaissance, des amis, il n'en avait aucun, ni en France ni en Côte d'Ivoire. Et il n'avait aucune référence en la matière, à part quelques souvenirs de collège ou de lycée. Il lui arrivait de raconter des histoires du pensionnat où il avait été bouclé toute la fin de sa scolarité, en région parisienne. Mais il y était davantage question de camarades que d'amitiés. Des camarades avec qui il faisait des bêtises, avec qui il s'échappait la nuit du dortoir pour aller fumer sur le toit. Il n'était apparemment resté en contact avec aucun d'entre eux. Et après, pas d'amis. Une vie sans amis. Je ne l'avais jamais entendu dire : J'ai eu des nouvelles de mon ami Untel. Ni : Avant de repartir à Abidjan, je vais voir mon ami Untel.

C'était peut-être la raison pour laquelle il avait jeté son dévolu sur mon père. Bien qu'ils n'aient à peu près rien en commun, il semblait tenir à son opinion et à celle de Katia aussi. Régulièrement il demandait : Quel est votre avis, Alain ? Qu'en pensez-vous, Katia ? Bizarrement ils paraissaient représenter pour lui une sorte d'autorité dont il quêtait l'approbation, lui qui n'écoutait l'avis de personne et n'en faisait jamais qu'à sa tête. Peu à peu mon père et Katia s'étaient habitués à ces déjeuners, ces dîners, qui étaient devenus ensuite presque des week-ends. Ils s'étaient détendus. D'ailleurs Jacques le faisait remarquer avec une certaine satisfaction, il disait, C'était sympathique, hier, Alain était très détendu, non ? Irène et moi aussi, nous nous étions habituées, comme s'habituent les enfants, à voir nos parents divorcés et leurs conjoints dîner ensemble, à les entendre passer du vous au tu. Simplement nous avions compris qu'il valait mieux éviter d'évoquer ces réunions de famille devant nos amis, surtout celles et ceux dont les parents avaient divorcé, sous peine de les voir écarquiller les yeux et de nous empêtrer dans des justifications pénibles. C'est aujourd'hui, des années plus tard, que je me demande ce que pouvaient ressentir mon père, ma mère, Katia, quand nous dînions tous les six.

À 21 heures, nous n'étions toujours pas passés à table, nous attendions la livraison mystère, comme on attend un invité fantasque dont la venue semble, d'heure en heure, moins probable, moins réelle. Mon père et Katia ne cessaient de répéter en souriant que tout allait bien, qu'ils n'avaient pas très faim pour l'instant, et Jacques les resservait en champagne.

Toutes les dix minutes, j'accompagnais notre mère à la cuisine pour arroser la dinde. Elle ouvrait la porte du four, je tirais avec précaution la grille puis le plat, et à l'aide d'une petite louche, elle récupérait le jus de cuisson pour le verser sur la peau de plus en plus brune, en me répétant d'une voix atone que c'était l'unique secret d'une cuisson réussie. Et je ne voyais dans cette opération lente et fastidieuse que le moyen pour elle de s'absenter de cette soirée et de calmer son angoisse.

À 21 h 30, trois livreurs ont sonné à la porte et ont dit que le piano était là.

Notre mère s'est levée, sa coupe de champagne à la main, et a disparu dans la cuisine. Je l'ai suivie. Laisse-moi, m'a-t-elle dit et, comme je ne bougeais pas, elle est ressortie et a monté l'escalier en courant.

C'était un piano laqué noir, un quart-de-queue. Nous avons ouvert la grande porte-fenêtre, et il est arrivé, du fond du jardin, ficelé sur un chariot, dans une nappe d'air froid. Tout le monde s'est tu pendant que les trois hommes lui faisaient franchir le seuil de la pièce. Jacques exultait en silence, c'était comme si Dieu venait d'être livré dans son salon. L'installation a duré de longues minutes, durant lesquelles nous ne faisions rien, nous ne parlions pas. Quand ils ont eu fini, Jacques a proposé une coupe de champagne aux trois hommes. Rapide, alors, ont-ils répondu. Et le temps que Jacques aille chercher un pourboire, ils avaient vidé leurs verres. J'ai vu Irène, hypnotisée, s'approcher lentement de la surface noire et brillante, incroyablement lisse. Délicatement, elle a soulevé le couvercle et a frappé un do. La note a résonné et Irène a rougi comme si elle venait de faire quelque chose d'indécent. Elle a aussitôt refermé le couvercle. Notre mère est redescendue et a déclaré en souriant :

– Je crois que maintenant nous pouvons passer à table.

– Mais qui va jouer sur ce piano ? a demandé Katia, sans la moindre ironie.

Il n'y avait pas de musicien dans notre maison. Ni Jacques, ni ma mère, ni moi n'avions jamais touché un instrument de toute notre vie. Irène avait fait un an de piano au conservatoire quand elle avait huit ans.

– Irène, a dit Jacques sans la moindre hésitation. Irène a beaucoup d'oreille. Et elle joue. Un jour, je l'ai entendue jouer le premier prélude du *Clavier bien tempéré*, chez sa grand-mère.

Le souvenir de Jacques était inexact. Irène, comme des milliers de gens, jouait les vingt premières mesures du prélude de Bach et n'était jamais allée plus loin. Elle jouait aussi le début de la *Sonate au clair de lune*, et celui d'une pavane de Poulenc. Elle jouait quantité de débuts, laborieusement déchiffrés, mais aucun morceau en entier. On pouvait dire qu'elle avait entretenu, et même optimisé, son unique année d'étude. Pourtant elle n'avait jamais manifesté l'envie de reprendre des cours.

Mais il fallait qu'il y ait un piano pour le cas où Irène aurait envie de jouer. Pour le cas où, un jour, elle se mettrait à jouer Bach, Beethoven et Chopin. Il fallait qu'il y ait un piano pour le cas où l'un de mes amis, ou l'un des amis d'Irène, jouerait du piano. Pour le cas où Irène tomberait amoureuse d'un pianiste. Il fallait qu'il y ait un piano pour que quelqu'un, un jour, n'importe qui, puisse en jouer.

3

Quand je me suis levée, le lendemain matin, j'ai vaguement espéré que cette soirée n'avait pas eu lieu et que lorsque je passerais devant la porte du salon pour aller prendre mon petit déjeuner, tout serait normal, les meubles et le piano auraient disparu. Mais à peine étais-je au bas de l'escalier que la masse noire du piano s'est imposée à mon regard. Tous les meubles étaient là. J'avais l'impression qu'ils avaient joué des coudes et repoussé les murs de la pièce. Ils l'avaient déformée. Un rayon de soleil traversait les carreaux de la porte-fenêtre et venait frapper le bonheur-du-jour. Il rayonnait de gaieté et de modestie. Sur la nappe, quelques serviettes sales traînaient encore, comme des îlots, dans la blancheur maculée d'auréoles et de miettes. Le sapin, ses guirlandes éteintes, avait un air fade dans la lumière du jour. J'ai d'abord pensé que j'étais la première levée, mais il y avait une tasse de thé à moitié pleine sur la table. Ma mère était probablement allée marcher jusqu'à la plage, ainsi qu'elle le faisait parfois le dimanche matin, très tôt. En descendant par la rue Cochet, on y était en vingt-cinq minutes. Katia et mon père, malgré l'heure tardive, n'étaient pas restés dormir. Sans doute effrayés par l'enthousiasme de Jacques et le quasi-mutisme de notre mère, ils avaient préféré reprendre la route pour Caen vers une heure du matin.

Je me suis fait du café, et comme j'entendais du bruit à l'étage, je m'en suis vite servi une tasse pour la monter dans ma chambre. Je ne voulais pas croiser Jacques, encore moins prendre le petit déjeuner avec lui. Mais c'était trop tard, déjà il descendait l'escalier. Il portait un pyjama rouge uni sous sa robe de chambre. Il portait toujours des pyjamas aux couleurs vives, ça nous faisait rire, Irène et moi, et nous étions gênées si quelqu'un sonnait à la porte le matin et le trouvait dans cette tenue, pyjama éclatant, kimono noir. Jacques, lui, n'était pas du tout gêné.

– Je suis content de te voir, m'a-t-il dit, je voulais justement te parler.

Il s'est assis et a commencé à se beurrer une biscotte.

– Aurais-tu la bonté de me faire chauffer de l'eau pour mon thé ? Merci. Je voulais te parler pour deux raisons. Je sens bien que je n'ai pas tout à fait réussi à rassurer ta mère, hier, cela prendra du temps, mais nous sommes à l'orée d'une situation exceptionnelle. Assieds-toi, s'il te plaît, ce n'est pas du tout agréable de te parler si tu es debout.

– C'est pour te préparer ton thé, ai-je répondu avec une certaine froideur.

– Alors assieds-toi, je prendrai du thé plus tard.

Je me suis assise. Il a ouvert le pot de miel et, à l'aide d'un couteau, en a délicatement recouvert sa biscotte beurrée.

– Il va y avoir dans les mois qui viennent, peut-être même dans les semaines qui viennent, une reprise de l'activité assez foudroyante. Tous les journaux en parlent. Les meilleurs économistes sont d'accord là-dessus. J'ai d'ailleurs lu un article d'un journaliste très brillant dans *Jeune Afrique*, il faut que je te le fasse lire. (J'ai soupiré intérieurement à la pensée de devoir lire un article d'économie sur lequel Jacques ne manquerait pas de m'interroger ensuite.) Alors malheureusement, je vais devoir repartir beaucoup plus tôt que prévu, je vais probablement reprendre l'avion la semaine prochaine. Il va falloir travailler, travailler, travailler.

Sans doute espérait-il de moi une phrase compatissante, respectueuse et compatissante. Je n'ai rien dit. J'ai pensé bon débarras.

– Et sans doute aurai-je besoin de la présence de votre mère. J'ai toujours besoin de la présence de votre mère, si tu savais comme cette vie seul, sans vous, est horrible. C'est d'une tristesse, d'une austérité. Rien que d'y penser, ça me glace. Mais j'aurai aussi besoin de votre mère parce que la charge de travail sera colossale. J'aurai besoin d'aide en comptabilité, et pour les contrats.

Depuis que nous habitions au Havre, ma mère le rejoignait une à deux fois par an. Elle nous quittait pour un mois, et finalement elle restait là-bas, sept, huit, parfois neuf semaines. Il ne pouvait se résoudre à la laisser partir. Pendant ses longues absences, nous nous débrouillions, Irène et moi. Nous en profitions pour inviter des amis, pour mettre de la musique à fond, à n'importe quelle heure, nous saouler, sécher les cours. Je me suis souvenue d'une fois où Irène avait rampé sur la moquette gris-bleu du salon. Cette vision était restée gravée en moi, ma sœur rampant lentement à travers la pièce, étonnée de ne plus pouvoir se mettre debout. Je me suis souvenue d'une autre fois où elle avait jeté dehors un de ses amis, un certain Stéphane, parce qu'il riait tout le temps et qu'il ne tenait plus sur ses jambes, il se cognait aux meubles, bousculait les lampes, les objets, et nous devions les rattraper au vol. Irène lui disait de se calmer et de s'asseoir, mais dès qu'elle ouvrait la bouche, il éclatait d'un rire aigu, un rire de fou, alors, exaspérée, elle l'avait brutalement poussé vers la porte, en criant, C'est chez moi, ici, chez moi et chez ma sœur ! Tu dégages !

Stéphane s'était allongé par terre et avait déclaré qu'il n'avait pas la force de rentrer chez lui. Il l'avait suppliée, vraiment suppliée de le laisser dormir là, devant la porte d'entrée, et de lui donner une couverture, ou au moins son anorak, et aussi une bassine pour vomir. Irène ne s'était pas attendrie, bien au contraire, elle avait ouvert la porte et l'avait traîné jusqu'au perron, elle lui avait fait descendre les marches en le tirant par les pieds. C'était en novembre, un soir de tempête. Une fois Stéphane dehors, elle lui avait jeté son anorak et son écharpe. Puis elle avait fermé la porte à clé, et comme si ça ne suffisait pas, elle avait descendu le volet roulant, dont nous ne nous servions presque jamais. J'avais peur que Stéphane soit incapable de rentrer chez lui. J'avais peur qu'il meure de froid, ou qu'il meure étouffé dans son vomi, dans un coin du jardin, ou sur un trottoir. Quand je l'ai dit à Irène, elle m'a répondu sèchement que le vent et la pluie allaient le réveiller, que ça lui ferait beaucoup de bien. Elle a ajouté, C'est chez nous, ici, c'est pas un bordel. Il n'a pas respecté notre maison.

Nous n'avions plus jamais revu Stéphane. Je n'aimais pas me souvenir de lui, à cause de son rire, un rire tellement moqueur qu'il rendait chacun de nos gestes ridicules. J'ai pensé qu'avec tous ces nouveaux meubles, ces fichues chaises, aussi belles que fragiles, ce foutu piano, notre maison était devenue un musée, et nous n'allions plus oser inviter personne.

Jacques a levé les yeux vers moi. J'ai détourné les miens.

– Ta mère n'aime pas que j'aie pris ce crédit. Mais il sera remboursé très vite. Ce crédit n'est pas un problème. Regarde-moi.

Je l'ai regardé. Et, comme s'il voulait faire entrer ces mots absurdes dans ma tête, il a répété :

– Ce crédit n'est pas un problème.

Et pendant ce temps j'entendais le rire de fou de Stéphane.

Le lendemain, quand les magasins ont rouvert, Jacques a acheté des partitions pour Irène. Un recueil qui s'appelait *Classics for Beginners*, qu'Irène a longuement examiné avant de jeter son dévolu sur une berceuse de Satie. Elle a commencé à déchiffrer, lentement, d'abord la main droite, puis la main gauche. Ensuite elle a essayé de jouer les deux mains ensemble, répétant inlassablement trois ou quatre mesures. Chaque fois qu'elle faisait une faute, elle reprenait depuis le début, sans se lasser. Jacques était assis dans le canapé, avec sur les genoux un livre qu'il ne lisait pas, et lui que tout énervait si facilement, une poussière sur sa veste, le bourdonnement d'une mouche, un robinet qui goutte, il est resté ainsi, à écouter sans se lasser lui non plus les balbutiements, les trébuchements d'Irène. Enfermée dans la cuisine, notre mère écoutait la radio. Elle avait les nerfs bien trop à vif pour supporter d'entendre les mêmes mesures jouées quarante-sept fois.

Quand Irène a eu fini de jouer, Jacques a repris la voiture et est allé acheter une chaîne hi-fi toute neuve, une merveille de technologie. Et de nouvelles enceintes, et un micro, et des cassettes audio. Et il a suggéré à Irène d'inviter son ami Gabriel, parce qu'il se souvenait que Gabriel jouait de la guitare classique. Gabriel était le meilleur ami d'Irène. Maman et moi pensions que c'était son petit ami, mais si nous évoquions le sujet, Irène devenait folle de rage. Ils passaient des heures ensemble à boire du thé ou du chocolat chaud, dans notre cuisine, dans les cafés, parfois dans la chambre d'Irène, en fumant des dizaines de cigarettes. Mais leur endroit préféré était le foyer du théâtre de la maison de la culture, installée à présent dans les bâtiments flambant neufs de l'espace Oscar Niemeyer. Il m'arrivait de les rencontrer là-bas quand j'allais seule au cinéma. L'entrée du théâtre était juste à côté de celle du cinéma. Je montais les marches et j'étais presque sûre de les trouver dans ce lieu étrange, moquetté de mauve, aux fenêtres rares et presque aussi étroites que des meurtrières. Ils étaient assis sur les petits tabourets en velours mauve foncé ou clair, près du grand miroir un peu jaune qui épousait la courbe de la salle de spectacle voisine. Entre leurs tasses de chocolat vides, un cendrier débordait, et il y avait aussi un livre, le livre, celui qu'ils lisaient et relisaient depuis des mois, et qui semblait être leur unique sujet de conversation : *L'Insoutenable Légèreté de l'être*. Quand ils en parlaient, ils prononçaient toujours le titre en entier, comme si le tronquer eût été un sacrilège. Ce livre était pour eux comme un pays qu'ils arpentaient, qu'ils défrichaient, en répétant les noms des personnages, Tereza, Tomas, Sabina, et en se disputant parfois ardemment sur le sens de certains passages. Ce livre était leur religion. Il était tellement à eux que je ne le lisais pas. Tu es trop jeune pour comprendre, m'avait dit Irène d'un ton sans appel.

Gabriel est arrivé avec sa guitare, et aussitôt Jacques s'est approché de lui, un peu comme un fan s'approche de son soliste préféré pour lui poser une question ou lui demander un autographe. Ou plutôt comme un maniaque s'approche de l'objet de son désir en se dissimulant derrière un visage affable et décontracté. Il lui a demandé depuis combien de temps il jouait, et quels étaient les morceaux qu'il travaillait en ce moment. Les *Études* de Leo Brouwer, a répondu laconiquement Gabriel. Gabriel était un garçon grand, très mince et pâle. Il avait les yeux bleus, des cheveux blonds et longs, légèrement bouclés, un visage doux aux contours un peu imprécis, à peine un peu d'acné sur un front aussi lisse et blanc qu'un pétale de tulipe. Il a ôté sa veste en jean et Jacques lui a demandé s'il accepterait de jouer les *Études* de Brouwer. Pas de problème, a répondu Gabriel, il faut juste que je m'échauffe les doigts, ça sera un peu long parce que j'ai paumé mes gants.

– Vous voulez boire quelque chose de chaud ? a proposé Jacques.

– Non, merci, a dit Gabriel.

Il a ouvert son étui, sorti sa guitare, et a nonchalamment pris une chaise. Jacques s'est installé face à lui, sur une autre chaise, Irène et moi sur le canapé, et gravement, en silence, nous avons observé Gabriel tandis qu'il enchaînait des gammes et des arpèges. Il était calme, pas du tout intimidé. Au bout d'un moment, il a déclaré : C'est bon. Et il a commencé à jouer. Jacques était fasciné. J'avais l'impression qu'il n'avait pas assez d'yeux pour regarder les mains de Gabriel, pas assez d'oreilles pour écouter chaque note. Au cours du troisième morceau, j'ai vu son visage se métamorphoser, les larmes lui sont montées aux yeux et il a tourné la tête vers la fenêtre.

Nous avons respectueusement attendu que Gabriel ait fini de jouer, et quand il a posé sa guitare en travers de ses genoux, nous l'avons applaudi.

– C'étaient les *Études* n° 1, 5, 6 et 9, a-t-il dit placidement.

– Gabriel, a demandé Jacques, est-ce que vous accepteriez de jouer de nouveau ces *Études* et que je vous enregistre ?

Gabriel a paru surpris. Il a eu un petit haussement d'épaules, puis a hoché la tête. Et nous avons regardé Jacques, heureux et fébrile, installer le micro, qu'il avait déjà branché, à cinquante centimètres de la guitare.

4

À peine Jacques était-il reparti à Abidjan que notre mère a voulu rendre les meubles. Elle a dit que monsieur Saulnier, l'antiquaire, était un homme intelligent et qu'il comprendrait.

– Mais qu'est-ce que tu vas dire à Jacques ? a demandé Irène.

– Rien, a répondu notre mère.

Nous étions en train de déjeuner dans la cuisine. Irène a regardé par-dessus son épaule en direction du salon.

– Ils sont vraiment beaux, ces meubles. C'est dommage. Tu vas tous les rendre ? Même le bonheur-du-jour ?

Irène aimait prononcer le nom de ce meuble dont elle ignorait comme moi l'existence, jusqu'à ce qu'il fasse son entrée dans la maison. Elle s'apprêtait à mettre dans sa bouche un morceau d'omelette, mais elle a reposé sa fourchette et lancé, sur un ton un peu froid :

– Le piano, tu veux le rendre aussi ?

– Le piano, ça ne marchera jamais, a dit notre mère. Monsieur Saulnier est presque un ami. On a quand même acheté deux ou trois choses chez lui quand on a emménagé, les tables de chevet de notre chambre, le guéridon. On est des clients. Et il a très bien connu les parents de Jacques.

À la fin du repas, Irène s'est levée pour aller contempler les meubles et leur dire silencieusement adieu. Je lui en ai voulu de son ostentation. Notre mère lui en voulait probablement aussi, mais elle n'a rien dit. Elle a décidé que je l'accompagnerais chez l'antiquaire et que pour cela je sècherais mes deux heures de français. Elle m'a demandé de m'habiller correctement, et je l'ai entendue appeler le lycée et dire qu'elle m'emmenait chez le médecin. Puis elle-même s'est changée. Elle a mis son tailleur noir cintré.

Nous sommes montées dans la voiture. Il m'a semblé que ma mère était confiante, mais peut-être était-ce simplement de la détermination. J'ai essayé de me convaincre que ce que nous nous préparions à faire était tout à fait normal. N'avais-je pas déjà vu dans des magazines des publicités pour des vélos d'appartement ou des matelas qu'on pouvait rendre au bout d'un mois d'essai ? Un mois entier, alors que ces meubles n'étaient chez nous que depuis quelques jours ? Mais je pensais que Jacques avait dit vrai et qu'avant l'été ses affaires seraient de nouveau florissantes, alors je nous ai imaginées, ma mère et moi, retourner chez l'antiquaire avant que Jacques ne revienne et racheter les meubles, ni vu ni connu. Pourvu qu'ils ne soient pas vendus entretemps, me suis-je même dit. Ma mère s'est garée devant le magasin et nous sommes sorties de la voiture. Le nom de Saulnier était peint en délicates lettres inclinées sur la vitrine. Une petite sonnette a signalé notre entrée. Monsieur Saulnier était absent. Seule sa femme était là. Celle qu'Irène et moi avions baptisée la grosse pute, le soir de Noël, nous a accueillies avec un grand sourire.

Dès que ma mère a commencé d'expliquer la raison de sa visite, son sourire s'est effacé, son regard s'est durci. Elle a lentement croisé les bras sur sa poitrine et l'a écoutée, la tête légèrement penchée, comme si elle avait l'occasion d'observer une curiosité – une curiosité déplaisante, mais une curiosité quand même. Face à elle, ma mère m'a paru rétrécir comme si elle appartenait à une autre perspective, comme si son image s'éloignait le long d'une ligne de fuite. Même sa voix devenait lointaine, ou était-ce moi qui ne supportais plus de l'entendre ? Elle disait, Vous comprenez, mon mari s'est décidé trop vite, elle disait, Bien sûr je me chargerai des frais de transport. Elle a même dit, J'ai bon espoir que nous puissions les racheter dans quelque temps, s'ils sont toujours à vendre, ce sont de très beaux meubles... Peu à peu ses phrases se sont espacées, il y avait de plus en plus d'air entre ses mots, elle attendait une réaction et rien ne venait. Madame Saulnier l'a laissé aller au bout de sa dernière phrase, de son dernier mot, elle a pris tout son temps et elle a simplement déclaré :

– Mais c'est impossible.

Puis elle a ri, et la chaleur qui m'est montée au visage a brouillé ma vue. Elle a balayé de la main l'agencement parfait des meubles, des lampes et des miroirs autour d'elle.

– Même si c'était possible, où voudriez-vous qu'on les mette ?

Puis elle a fait semblant de réfléchir.

– Ce que je peux vous proposer, comme votre mari nous a fait trois chèques, c'est de ne déposer le deuxième que fin février, au lieu de fin janvier. Oui, nous allons faire comme ça, si ça peut vous arranger. Je vais prévenir mon mari que nous déposerons les deux derniers chèques en même temps, fin février. Allez, je vous raccompagne.

Elle a ouvert la porte, j'ai eu le sentiment que nous étions un tas de poussière au bout de son balai.

Il a fallu qu'on tombe sur cette salope, a dit ma mère entre ses dents, quand nous sommes remontées en voiture. Elle a démarré, le feu est passé au rouge. Elle a frappé le volant plusieurs fois, elle a incriminé le ciel, C'est pas vrai ! Il n'y a personne, là-haut ?!

J'ai eu peur qu'elle éclate en sanglots, accrochée au volant. J'ai eu peur qu'elle ne soit pas en état de conduire. Pendant tout le trajet, j'ai cherché quelque chose à dire, mais je ne trouvais pas. Ça va aller, c'était la seule phrase qui me venait à l'esprit, et je savais que je ne devais pas la prononcer. Prononcer cette phrase, c'était me débarrasser d'elle et de toute cette poisse, cette situation à laquelle je ne parvenais pas à m'intéresser vraiment et dont je ne mesurais pas la gravité. Comme Irène, au fond, j'étais secrètement soulagée que les meubles restent. Je me préoccupais de la réaction de Jacques. Revendre ces meubles, c'était le trahir. Pourtant c'était bien lui qui avait trahi ma mère en les achetant à crédit. Pourquoi est-ce que je n'en voulais pas à Jacques ? Pourquoi est-ce que j'attachais plus d'importance à sa déception, si les meubles étaient revendus, qu'au désespoir de ma mère devant le gouffre de leurs dettes ?

À la maison, j'ai préparé du thé. Je me regardais faire chaque geste mécaniquement, mettre l'eau à chauffer, sortir deux sachets de thé de la boîte, ébouillanter la théière, tandis que dans ma tête, je prenais mes jambes à mon cou, attrapais mon sac et courais vers le lycée. On a sonné à la porte, et ma mère a ouvert. C'était un homme en bleu de travail, il a dit qu'il était là pour le mur du jardin, qu'il venait juste déposer son matériel et que la semaine prochaine, si le temps le permettait, il commencerait à arracher le grillage. Ma mère l'avait complètement oublié. Durant quelques secondes, j'ai vu qu'elle était tentée de lui dire que ces travaux étaient annulés, mais elle n'a pas osé. Pendant que cet homme commençait à décharger sa camionnette, elle a cherché dans l'annuaire le numéro de téléphone de la salle des ventes. Je l'ai entendue prendre un rendez-vous avec un commissaire-priseur. Après avoir raccroché, elle a bu son thé, debout, avec le regard fixe de celle qui a peut-être trouvé une solution, et dont l'effondrement est remis à plus tard. Je voyais que tout en buvant ce thé, elle convertissait l'argent du chèque de janvier en fuel pour la chaudière, en un billet d'avion pour rejoindre Jacques et l'aider à préparer des contrats. Et elle espérait que d'ici son départ, elle aurait vendu les meubles.

Pendant des années, j'ai vu ma mère ne vivre qu'ainsi, dans un temps découpé et sous la menace, passant d'une échéance à une autre, d'un objectif à un autre : il fallait tenir jusqu'à la fin de l'hiver, il fallait tenir encore un mois, faire patienter la banque une semaine, le temps qu'un chèque soit déposé puis crédité – en espérant qu'il ne soit pas en bois. Jacques, lui, n'avait aucune notion du temps. Quand il disait le mois prochain, cela pouvait signifier dans six mois, dans un an, pour lui ça n'avait pas d'importance. Et ma mère sans cesse recalculait les échéances, les yeux fixés sur une ligne d'horizon qui reculait systématiquement. Comme un athlète sur la ligne de départ, elle avait besoin de savoir si elle allait courir quatre cents ou huit cents mètres. Le flou l'aurait tuée, je crois, le flou l'aurait rendue folle.

Irène et moi étions au courant de tout, ou de presque tout. Mais tant que nous avions de quoi prendre le bus, boire des chocolats chauds dans les cafés, acheter un pack de Coca, un jean neuf, et notre père y pourvoyait, nous n'y croyions pas vraiment. Quand notre mère nous parlait, nous prenions un air attentif, nous hochions gravement la tête, nous attendions qu'elle ait fini pour pouvoir remettre le son de la chaîne.

Quelques jours plus tard, le commissaire-priseur est venu. Je suis rentrée du lycée, et il était là, en train d'examiner les meubles. La commode est d'époque, a dit ma mère, seul un des tiroirs, je crois, a été changé. Une chemise cartonnée était ouverte sur la table, elle y cherchait le certificat. Le commissaire-priseur a prononcé un chiffre.

– Ce n'est pas possible, a dit ma mère, ce n'est même pas le quart de sa valeur.

– Ce sera approximativement sa mise à prix en salle des ventes. Ça peut monter un peu, bien sûr. Mais il y a la commission.

Il a dit cela sans la regarder, il ouvrait un à un les tiroirs, puis il s'est baissé pour examiner le plateau. Il a pris des notes dans un carnet. Il est allé mesurer la hauteur des encoignures. Ma mère s'est approchée, le certificat de la commode à la main. Il n'y a pas jeté un œil.

– De combien est la commission ? a-t-elle demandé.

– Quinze à vingt pour cent. Elle est négociable. Ça dépend du nombre d'objets que vous mettez en vente. Le tapis, vous le vendez ?

– Non.

– Dommage.

J'ai commencé à reculer vers l'entrée. Je me suis débarrassée de mon blouson et de mes chaussures, et je suis montée dans ma chambre. La porte de celle d'Irène était fermée. Il s'en échappait une forte odeur d'encens et de cigarette mêlés, et la voix de Neil Young qui chantait *The Needle and the Damage Done.*

5

Quand nous habitions à Abidjan, nous ne fréquentions personne. Irène et moi n'aurions pas eu envie d'inviter des camarades, car nous trouvions notre maison trop étrange, trop bourgeoise, trop européenne. D'abord, il y avait la moquette. Une moquette rase dans toutes les pièces, y compris la cuisine et la salle de bains, tantôt vert bronze, tantôt marron foncé, Jacques prétendait que l'entretien en était plus facile. Il avait d'ailleurs deux aspirateurs, dont un aspirateur industriel, alors que la surface à aspirer n'excédait pas quatre-vingts mètres carrés. Le séjour était sombre et feutré, avec des boiseries, on se serait cru dans un salon anglais. Chaque lampe était munie d'un abat-jour dans les tons orangés et d'un variateur que nous ne nous lassions pas de manipuler, Irène et moi. La climatisation régnait vingt-quatre heures sur vingt-quatre, dans toutes les pièces. J'étais la seule enfant dans cette ville à dormir sous une couverture et vêtue d'un pyjama en éponge. Nous étions d'ailleurs la seule famille qui attrapait des rhumes. Les rares maisons et appartements que je pouvais visiter n'étaient presque jamais climatisés. Des claires-voies laissaient passer l'air et éventuellement les lézards et autres bestioles. Chez Jacques, tout fermait hermétiquement. La présence d'un cancrelat était pour nous autant une surprise qu'un effroi, et donnait lieu à une chasse frénétique. Nous avions peine à croire que lorsque Jacques était arrivé ici, la maison était au milieu d'un terrain vague où les mygales faisaient des bonds d'un mètre cinquante quand il leur tirait dessus au pistolet. Dès qu'il en avait eu les moyens, il avait fait recouvrir le sol autour de la maison d'un manteau granuleux aussi redoutable que du papier de verre, impraticable pour les serpents – nous pouvions y marcher pieds nus, mais le moindre trébuchement nous arrachait la peau.

Modifier son environnement était l'une des passions de Jacques. Il avait fait goudronner à ses frais le chemin qui reliait les maisons du quartier à la route principale. Et plus tard, toujours sans consulter les autres propriétaires, il l'avait fait élargir et damer, au cas où Irène et moi aurions envie d'y faire du patin à roulettes. Je pense que s'il était allé vivre sur la Lune ou sur Mars, il aurait trouvé le moyen de s'y faire construire une piscine – avec une voûte transparente pour profiter de la vue.

Jacques ne se fondait pas dans le paysage, il détonait partout. On ne voyait que lui. Il ne prenait pas le pli. Pour Irène et moi, il était une source d'embarras constant. Mais il y a une chose pour laquelle nous l'admirions : il ne tutoyait personne. Dans ce pays où nos camarades de classe tutoyaient les surveillants ivoiriens, ainsi que le marchand de pains au chocolat qui tenait son stand dans la cour du collège, où leurs parents tutoyaient les commerçantes du marché, le garagiste, l'électricien, leur employé de maison, leur chauffeur quand ils en avaient un, sous prétexte que ces personnes les tutoyaient aussi, Jacques, en près de trente ans, n'avait pas pris le pli. Il disait vous à tout le monde.

Le jour de mon entrée en cinquième, ma mère m'avait accompagnée jusque dans la cour. Elle avait remarqué une jeune fille seule, aussi perdue que moi, debout sous un arbre, son cartable à ses pieds. Elle était ivoirienne. Ma mère avait résolument foncé vers elle. Bonjour, mademoiselle, excusez-moi, vous êtes nouvelle ? Comment vous appelez-vous ? Moira, avait répondu la jeune fille. Nous sommes ravies de faire votre connaissance, avait dit ma mère. Ma fille s'appelle Anna, elle est nouvelle aussi. Je vous souhaite une très bonne rentrée. Puis ma mère était partie, nous laissant seules, Moira et moi. Nous nous sommes souri. Nous avons regardé vaguement autour de nous. Nous nous sommes souri de nouveau. Et quand la sonnerie a retenti, chacune a gagné sa classe. À la récréation, j'ai vu que Moira était toujours seule, sous le même arbre. Alors je l'ai rejointe. Je lui ai demandé comment s'étaient passées ses deux premières heures. Elle m'a répondu, Bien. Je lui ai demandé si ses professeurs étaient sympathiques. Elle m'a répondu, Oui. Je n'ai plus su quoi dire. Nous avons regardé autour de nous, nous avons échangé un sourire, puis nous avons attendu la fin de la récréation, qui nous a paru à l'une comme à l'autre interminable. L'après-midi, Moira avait trouvé un groupe de jeunes filles africaines. Alors j'ai quitté l'arbre et je me suis approchée d'un groupe de filles blanches. Elles semblaient se connaître depuis un certain temps. Elles étaient en train de se raconter comment leurs mères respectives avaient engueulé leur « boy » parce qu'il avait brûlé un chemisier en le repassant, ou parce qu'il avait oublié de ranger le beurre au frigo, et que le beurre avait fondu et s'était répandu sur la table de la cuisine. C'était à celle dont le « boy » avait fait la plus grosse bêtise, à celle dont la mère s'était le plus énervée. Je suis retournée sous l'arbre.

Le week-end, nous ne recevions pas de visite. Bien qu'au fil des années, il ait noué quelques relations de travail durables, Jacques n'avait jamais invité qui que ce soit à venir prendre l'apéritif. Il n'avait jamais été invité nulle part non plus, semblait-il, ou peut-être avait-il refusé. Et puis un jour, de nouveaux voisins ont emménagé dans la maison d'à côté, une famille avec deux jeunes enfants dont un bébé, et leur chat a élu domicile chez nous. Une chatte tigrée, qui a déposé ses petits, à peine nés, entre deux coussins de notre canapé. (Sans doute avait-elle profité de l'heure matinale pendant laquelle on ouvrait les fenêtres pour aérer.) Jacques a aussitôt pris une caisse, l'a tapissée d'exemplaires de *Fraternité Matin* et de vieux vêtements et chiffons, et une fois les chatons très précautionneusement installés, il a déposé la caisse dans un coin abrité du jardin. Le lendemain, ils étaient de retour. Pendant une semaine, Jacques, les mains gantées, a déplacé les chatons, et la chatte, sans que personne la voie jamais faire, les a remis sur le canapé. Et Jacques, qui ne cédait jamais sur rien et qui n'aimait pas les animaux, a déclaré forfait. Un matin, la voisine a sonné chez nous et a demandé si nous n'avions pas vu une petite chatte tigrée. Ma mère, qui a toujours été, au contraire de Jacques, la personne la plus liante qui soit, l'a invitée à prendre le thé. Ce fut entre elles un coup de foudre amical, et le dimanche suivant, nous étions invités à un barbecue dans leur jardin. Ce jour-là, Jacques s'est habillé comme si nous devions nous rendre à un repas d'ambassade, et Irène et moi en étions terriblement gênées.

Lydia Chandhary était française, blonde, avec un teint très clair, les cheveux attachés en queue de cheval, et toujours vêtue d'un pantalon de coton et d'une tunique. Son mari, Harry, était d'origine indienne, né à Delhi. Il avait fait Centrale et travaillait pour une multinationale. Ils étaient tous deux accueillants et spontanés. Parler avec eux était facile, agréable, jamais ils ne semblaient en représentation. Peu à peu, nous nous sommes mis à les voir presque tous les week-ends. Jaques a fait venir de France un baby-foot, le modèle le plus cher. Il a fait construire une pergola pour le protéger des pluies, et presque chaque dimanche nous disputions un tournoi par équipes. Irène avait des tirs redoutables et quand Jacques était dans les buts, il ne réussissait jamais à en arrêter un. Il poussait un cri, feignait d'être exaspéré, et ses yeux brillaient de joie. Il avait laissé tomber la chemise boutonnée jusqu'au col et le pantalon de costume, et déjeunait en polo ou en chemisette. Il disait « tes amis » à ma mère, ou « vos amis », en parlant de Lydia et Harry, et étrangement cette distance avait quelque chose de respectueux, comme si nous lui avions fourni un passeport pour un pays qu'il ne connaissait pas et dont il était l'hôte subjugué. Jamais il n'aurait adressé davantage qu'un signe de tête à Lydia et Harry s'ils n'étaient pas devenus nos amis à nous. C'était d'abord nous, ma mère, Irène et moi, qui le subjuguions. Il avait beau nous contraindre, nous imposer autant de règles que dans un internat, il avait beau exercer sur nous sa tyrannie – je me souviens par exemple du jour où Irène avait eu le malheur de lui demander de traduire une phrase en anglais qu'elle ne comprenait pas, et où il lui avait imposé un cours de deux heures rien que pour corriger sa prononciation, annulant pour cela une partie de ses rendez-vous de l'après-midi –, il avait beau parfois dévaster notre temps libre, transformer un déjeuner en séance de torture à cause d'une fourchette mal tenue, c'était pourtant nous qui régnions en maîtres. Parce qu'il avait pour nous une admiration éperdue. Il nous suffisait, à Irène et moi, de monter sur une chaise et d'imiter France Gall ou Mick Jagger, ou bien de brandir un sabre imaginaire en disant, comme Gérard Philipe : « Montez donc, que je vous taquine la rate », il nous suffisait d'être nous-mêmes, pour le déborder et prendre le pouvoir. Lorsque, en classe de troisième, Irène avait eu des difficultés en maths, ma mère avait trouvé les coordonnées d'un professeur qui donnait des cours particuliers. Jacques avait tenu à l'appeler avant le premier cours. Monsieur, lui avait-il dit, je veux que vous sachiez que ma fille n'est pas une de ces adolescentes écervelées et grassouillettes qui se peignent les ongles et les mangent ensuite en regardant des stupidités à la télévision, ce n'est pas une de ces petites gourdes au front bas et à la démarche traînante, c'est une jeune femme tout à fait brillante, qui a seulement besoin d'un accompagnement temporaire pour exceller à nouveau. Irène s'était enfuie dans sa chambre, elle avait dit à notre mère qu'elle préférait mourir plutôt que de se présenter devant ce professeur. Mais je sais qu'elle était troublée par ces mots – ma fille – et peut-être s'était-elle enfuie aussi pour dissimuler le plaisir qu'ils lui procuraient. Pour Jacques, nous étions belles, nous étions brillantes et nous étions ses enfants. Il avait acheté un carnet qu'il gardait toujours à portée de main pour y noter nos remarques les plus spirituelles, et il nous prenait en photo, le dimanche ou pendant les vacances. Il faisait de petits reportages, souvent en noir et blanc, et dans ces moments-là, jamais il ne nous reprochait de porter un tee-shirt élimé ou d'être mal peignées.

Au bout d'un an, les Chandhary ont déménagé, Harry s'était vu proposer un poste à Rome. Nos dimanches sont redevenus mornes, et notre mère est entrée dans une sorte de dépression. Elle passait la plus grande partie de ses journées à écrire des lettres à Lydia et à d'autres amies françaises, ou à sa famille. Elle a commencé à avoir des problèmes de santé et disait qu'elle ne supportait plus le climat. Elle ne supportait pas non plus la quinine que nous prenions pour éviter le paludisme. Elle a trop espacé les prises, trop réduit les doses. Très vite, elle a été sujette à des poussées de fièvre à quarante ou plus, qui duraient plusieurs jours et la laissaient épuisée. Lorsqu'elle était malade, c'était tendu entre Jacques et nous. Il nous défendait d'aller la voir quand elle se reposait dans sa chambre. Cette interdiction nous était intolérable. Nous allions voir notre mère en cachette. La chambre était plongée dans la pénombre, nous nous agenouillions près de son lit, lui prenions la main, nous l'embrassions, respirions son odeur de fièvre, nous lui racontions nos journées de classe, nous lui apportions de la tisane de citronnelle ou de romarin. Jacques découvrait que nous étions venues et s'emportait, Vous ne pouvez donc pas laisser votre mère tranquille ? Vous ne voyez pas qu'elle a besoin du plus grand repos ?! Vous ne savez pas ce que c'est que le paludisme, moi si. (Et c'était vrai. Jacques, qui ne supportait pas non plus la quinine, n'en prenait que lorsqu'il ressentait les premiers symptômes d'une crise. Et alors il était particulièrement agité, irascible.) Les périodes où notre mère était malade sont devenues l'objet d'un conflit latent entre Jacques et nous. Il nous reprochait implicitement de retarder sa convalescence. Nous lui reprochions sourdement de la rendre malade et de faire régner dans la maison une atmosphère qui ne pouvait qu'augmenter sa faiblesse et sa mélancolie.

Un dimanche matin, Jacques nous a imposé le plus grand silence et nous a dit qu'il avait fermé la porte de la chambre à clé pour que nous ne risquions pas d'aller réveiller notre mère. Nous nous sommes regardées, Irène et moi, incrédules. Le sang a pris feu dans nos veines. Prisonnière, notre mère était prisonnière ! Irène a profité d'un moment d'inattention de Jacques pour s'emparer du trousseau de clés qu'il laissait toujours accroché près de la porte d'entrée. Puis elle est passée devant lui, prenant ouvertement la direction de la chambre en faisant tinter les clés au bout de ses doigts. Jacques a bondi comme un félin et lui a couru après. Irène a bifurqué, sauté par-dessus le canapé et s'est enfuie dans le jardin en criant. Quand je suis arrivée, ils étaient face à face, chacun d'un côté du patio qui abritait le baby-foot, guettant le moindre mouvement l'un de l'autre. Les yeux d'Irène étaient agrandis de terreur, les conséquences de son geste la dépassaient complètement. Elle m'a vue et, dans une tentative désespérée pour ne pas se rendre, m'a lancé le trousseau de clés. Je l'ai attrapé au vol. Jacques s'est aussitôt tourné vers moi, il avait l'air d'un fou. Donne ces clés, a-t-il rugi. Je me suis mise à courir en criant d'effroi, moi aussi. Notre jardin n'était pas si grand, on en faisait le tour en quelques secondes. J'entendais Jacques sur mes talons, j'avais peur de me retourner et de voir son visage, j'avais plus peur encore de sentir sa main agripper mon épaule. J'ai accéléré de toutes mes forces pour gagner un peu d'avance, j'ai escaladé le muret qui clôturait le jardin, et me suis tournée vers lui, ses traits étaient déformés par la rage. J'ai jeté les clés à ses pieds. Il les a ramassées et il est reparti vers la maison sans un regard pour moi, ni pour Irène. Je suis redescendue du muret, Irène s'est approchée de moi. La prochaine fois, il nous frappe, a-t-elle dit, et elle a aussitôt ajouté, Je n'attends que ça. Elle a fixé la porte de la maison et a répété, Vas-y, frappe. Je n'attends que ça. Frappe et tu verras.

Notre mère n'a rien su de cet épisode et Irène et moi n'en avons jamais reparlé, Jacques non plus. Sa violence s'est dissipée avec une étrange rapidité, peut-être parce que nous avions tous trois franchi une limite ce matin-là, et que nous préférions revenir en zone civilisée. Aussi parce que Irène et moi avions éprouvé une peur incontrôlable, comme celle que l'on ressent devant un départ d'incendie, quand les rideaux de la pièce où l'on était tranquillement en train de jouer aux cartes s'embrasent et se transforment en torches géantes. Le souvenir de cette peur était lui-même trop pénible pour que nous nous le rappelions. Mais sans nous en rendre compte, nous étions en train de gagner une guerre. Le départ des Chandhary avait mis Jacques en difficulté. Notre mère a commencé à rêver d'un retour en France.

6

Nous étions en février, et ma mère se préparait à aller rejoindre Jacques à Abidjan. Il téléphonait régulièrement, mais ne parlait presque pas de ses affaires. Il désirait surtout savoir si le mur au fond du jardin avançait bien, et si le maçon respectait les plans qu'il avait dessinés, avec le petit motif de brique apparente. Il demandait si c'était beau. C'est beau, a dit ma mère, mais je n'ai pas de quoi payer le maçon. Jacques a demandé le montant et dit qu'il envoyait la somme.

Ma mère avait renoncé à mettre l'ensemble des nouveaux meubles en salle des ventes. Elle y avait vendu le semainier pour une somme dérisoire, et s'était laissé convaincre par le commissaire-priseur de vendre le grand tapis auquel elle tenait beaucoup et qui lui venait de son père. C'était un tapis d'Orient, à dominante bleu sombre, composé d'une sorte de quadrillage où alternaient des motifs de cyprès, de fleurs et d'animaux, selon un code que j'avais longtemps cherché à percer quand j'étais enfant. Nous n'étions pas encore habituées à l'absence de ce tapis, elle nous causait un choc chaque fois que nous entrions dans la pièce. Irène ne manquait pas de commenter, C'est affreux. Ou encore, C'est atroce. De préférence quand elle était sûre que ma mère l'entendait. J'aurais voulu que ma mère la gronde, qu'elle lui demande sèchement de ne pas remuer le couteau dans la plaie, d'avoir un peu plus de considération pour ce qu'elle ressentait, elle. Mais à chaque fois, ma mère soupirait, Je sais, ma chérie, j'en suis malade. Comme si elle avait eu besoin des coups d'aiguillon d'Irène pour se punir du sacrilège qu'elle avait commis.

Avant de partir à Abidjan, elle a décidé de me confier une mission. Un samedi après-midi, alors qu'Irène était partie au cinéma, elle est montée dans ma chambre. J'étais allongée par terre, en train de faire un exercice de maths. Elle s'est assise sur mon lit. Elle a dit, J'ai toujours l'adresse du bureau de Harry. J'ai levé les yeux vers elle et j'ai vu sur son visage une détermination qu'elle cherchait à dissimuler pour ne pas me brusquer. Une idée lui était venue, une de ces idées qu'elle cherchait sans trêve, en faisant sa gymnastique du matin, en brossant le chat, en faisant les courses, en étendant le linge. Quand elle en avait trouvé une, son regard perdait aussitôt de sa tristesse, sa personne était comme rassemblée, son pas dans l'escalier était plus rapide, et je voyais que tout en elle convergeait vers cette idée

– On n'a plus leur adresse, mais j'ai toujours celle de la société où il travaille.

L'été où nous avions quitté Abidjan, j'avais passé un mois à Rome chez les Chandhary. Je rêvais d'apprendre l'italien. Je m'étais surtout occupée des enfants pendant que les parents faisaient puis défaisaient des cartons, car ils étaient en plein déménagement. Ils quittaient une maison avec jardin pour un appartement. Les enfants, Célia et Julien, me parlaient presque exclusivement en italien, ils avaient appris la langue en quelques mois.

Après mon départ, nous avions correspondu. Les enfants m'avaient envoyé des dessins. Puis ils avaient déménagé de nouveau.

– Je voudrais que tu ailles voir Harry, a dit ma mère. Il nous a emprunté une grosse somme d'argent avant de quitter la Côte d'Ivoire. Depuis leur dernier déménagement, je n'ai plus aucune nouvelle. Jacques a écrit à Harry, quelques semaines après ton séjour là-bas. Il lui a écrit une très longue et très belle lettre pour lui demander s'il pouvait commencer à le rembourser. Il n'a pas eu de réponse. Ensuite, j'ai écrit à Lydia et je n'ai pas eu de réponse non plus. J'ai essayé d'appeler, mais le numéro n'aboutissait plus.

J'ai posé mon stylo et je me suis assise en tailleur, face à elle. Ma mère s'est penchée en avant, elle a glissé ses mains entre ses genoux. Elle m'a regardée sans me voir. J'ai senti qu'elle hésitait à me raconter la suite.

– L'année dernière, pendant que j'étais à Abidjan, nous avons revu Harry par hasard. Nous étions allés chercher des journaux à l'hôtel Ivoire, nous étions dans la galerie marchande, et soudain, je l'ai reconnu, il était là, avec un groupe de gens, il avait l'air en voyage d'affaires, il portait un costume, il avait une mallette à la main. Il parlait avec ces gens, il souriait, et tout à coup il nous a vus. Et il s'est évanoui. Il est tombé à la renverse.

Ma mère a levé la main à la hauteur de son visage, l'a basculée d'un coup à quatre-vingt-dix degrés, et j'ai vu le corps raide de Harry tomber de tout son long en arrière.

– Les personnes qui l'entouraient l'ont rattrapé juste avant que sa tête ne cogne le sol. Puis elles l'ont soulevé et transporté dans la bijouterie qui était juste en face, où il y avait un canapé.

Elles l'ont allongé dessus. Nous nous sommes approchés et nous l'avons observé à travers la vitrine. Il a repris connaissance. Nous avons eu peur qu'il nous voie de nouveau. Alors nous sommes partis. C'était il y a un peu moins d'un an.

Je revoyais avec précision la galerie de l'hôtel Ivoire, d'un côté l'entrée des cinémas, et de l'autre, la maison de la presse où Jacques nous achetait presque chaque samedi une bande dessinée, et la bijouterie. Je voyais le regard de Harry au moment où il reconnaissait Jacques et ma mère. Je voyais Harry tomber en arrière, encore et encore.

– Je ne sais pas si ça sert à quelque chose que tu ailles à son bureau, à Rome, a dit ma mère. Mais je crois qu'il faut essayer. Si Harry pouvait nous rendre ne serait-ce qu'une partie de cette somme, et le reste plus tard… Il faudrait que tu lui dises que je ne sais plus quoi faire. Je t'ai préparé une autorisation de sortie du territoire. Et si tu es d'accord, j'irai à la gare t'acheter un billet de train. Tu pourrais partir la semaine prochaine, quand tu seras en vacances. Bien sûr j'aurais préféré demander à Irène, mais toi, tu es déjà allée chez eux. Tu les connais mieux. Et puis tu connais la ville, et tu parles un peu italien.

Ma mère s'est tue, attendant sans doute que je réponde. Au bout d'un moment, elle a dit :

– Est-ce que tu es d'accord ?

Et j'ai lu au fond de son regard qu'elle n'envisageait pas un seul instant que je puisse dire non.

– D'accord, ai-je simplement répondu.

Elle a scruté mon visage pour voir si je me forçais. Alors j'ai voilé mentalement mes pensées pour lui renvoyer un regard simple et droit.

Ça n'était pas compliqué, il suffisait d'aller à Rome, de prendre un taxi jusqu'aux bureaux de la société, de demander Harry Chandhary à l'accueil. Et de lui dire quelque chose comme : Je suis désolée, Harry, mais tu vois, il y a ce découvert à la banque… Ou encore : Harry, tu sais, on chauffe tellement peu la maison que ma mère a des engelures aux doigts…

Je n'avais pas peur qu'il s'évanouisse en me voyant. Moi qui mesurais un mètre cinquante-cinq, qui me cachais dans des vêtements amples et me sentais si facilement coupable, comment aurais-je pu incarner une quelconque figure de commandeur ? Et puis c'était Harry qui me troublait, pas l'inverse. Au cours de mon séjour à Rome, j'étais peu à peu tombée amoureuse de lui. Souvent, dans l'après-midi, je prenais un thé avec Lydia dans la cuisine, pendant que les enfants regardaient leur dessin animé préféré. Elle me parlait surtout de Harry, de son enfance malheureuse, de son père qui le battait, au point qu'il en faisait encore des cauchemars. Elle parlait de Harry comme une personne amoureuse ne peut s'empêcher de glisser à tout bout de champ le nom de l'être aimé dans la conversation, de raconter des choses à son sujet et de faire son éloge à travers les récits les plus simples, les plus anecdotiques. Pour cela j'aimais infiniment Lydia, mais je m'étais mise à respirer le même air qu'elle, à respirer ses paroles, à nourrir mon amour naissant de tout ce qu'elle me racontait. Et chaque soir, tandis que jouais avec les enfants aux sept familles ou que je surveillais leur bain, je guettais, le cœur battant, le bruit de la clé dans la porte d'entrée.

Ma mère m'a regardée encore, rassurée, mais pas tout à fait. J'ai soutenu son regard. Comme dans les jeux où les enfants font semblant d'être morts et attendent un mot magique pour se redresser, hilares, les sentiments que je croyais éteints depuis des mois venaient de se ranimer. Au lieu de m'inquiéter de ma mission, je me demandais s'il valait mieux que j'attache mes cheveux ou que je les laisse tomber sur mes épaules.

Une fois dans le train, j'ai été rattrapée par l'étrangeté de ma situation. J'avais l'impression d'être dédoublée, d'être un personnage de roman. Aujourd'hui encore, il me semble que j'ai inventé ce voyage, que je ne l'ai pas vraiment vécu. Je lisais *Crime et Châtiment*, et Raskolnikov me paraissait bien plus réel que moi. Je me rappelle pourtant qu'on m'a demandé de changer de compartiment, au moment de l'installation des couchettes, pour qu'un groupe d'amis puisse être réuni. Et je me suis alors retrouvée avec des inconnus, des gens que je n'avais pas eu le loisir d'observer derrière mon livre pendant les premières heures du trajet. Heureusement les deux couchettes du haut étaient libres, et j'ai pu m'installer sur l'une d'elles, sans personne en face de moi. Sous ma couchette, il y avait un couple d'Italiens qui se disputait beaucoup, à voix basse, ils ont pris chacun un comprimé que la femme a sorti de sa trousse de toilette, vraisemblablement un somnifère, car ils se sont endormis très vite. De l'autre côté, sur la couchette du bas, une femme presque aussi âgée que ma grand-mère s'était contorsionnée dans son drap-housse afin d'ôter sa jupe et d'enfiler un bas de pyjama. On aurait pu la croire endormie car elle ne faisait aucun bruit, mais dans la pénombre, je voyais sa main aux doigts gonflés tapoter régulièrement la couverture, comme si elle battait la mesure d'une petite chanson. Au-dessus d'elle, sur la couchette du milieu, un homme dont je n'apercevais que le dos ne cessait de faire d'étranges petits bruits de bouche, comme s'il essayait d'aspirer un morceau de nourriture coincé entre ses dents. J'osais à peine respirer, ces deux personnes me faisaient peur et j'avais l'impression que je devais leur faire oublier ma présence jusqu'à ce qu'elles s'endorment.

Il fallait que j'aille aux toilettes, mais j'étais terrifiée à l'idée qu'elles se tournent vers moi et qu'elles me fixent, ainsi allongées, les yeux grands ouverts, tandis que je descendrais de ma couchette et sortirais du compartiment. Je craignais aussi le vacarme qui allait s'engouffrer comme une bourrasque lorsque j'ouvrirais la porte coulissante. Je me suis résignée à y aller vers 4 heures du matin. Seule la dame âgée m'a regardée, froidement, et quand je suis revenue j'ai vu que sa main s'était remise à tapoter la couverture. Je me suis glissée dans le drap-housse. Je n'avais toujours pas sommeil. Il y avait un interstice entre la vitre et le store opaque, un mince pan de nuit noire où je ne pouvais distinguer ni terre ni ciel. J'y ai rivé mes yeux. Parfois les brefs néons d'une gare filaient, puis c'était de nouveau le noir absolu.

Je me suis endormie un peu avant le lever du jour.

J'ai rêvé que le siège de la société de Harry était un grand hôtel, le concierge m'y accueillait et appelait aussitôt Harry au téléphone : « Monsieur Chandhary, il y a une surprise pour vous, à la réception. Je pense qu'elle vous fera plaisir. » Dans la suite du rêve, Harry descend à la réception et m'ouvre les bras. « Comment vas-tu, Anna ? C'est une merveilleuse surprise de te voir ici. » Il m'explique qu'il doit remonter dans son bureau pour travailler mais que nous pouvons déjeuner ensemble, si je veux bien l'attendre. « Tu peux t'installer dans un de ces canapés, tu as de quoi lire ? Je n'en ai pas pour très longtemps... »

Quand Harry redescend, il ne porte plus un costume mais une chemise à motifs très colorés, manches courtes, un pantalon d'été et des lunettes de soleil. Il m'emmène au restaurant de l'hôtel, sur une terrasse d'où l'on peut admirer toute la ville. C'est l'été en plein mois de février. Harry commande des cocktails. Il me dit qu'une autre jeune fille est venue s'occuper des enfants, mais qu'elle n'était pas à la hauteur. « Très mollassonne, ajoute-t-il. Rien à voir avec ta vivacité, ta sensibilité. » À un moment, il a un geste curieux, il ôte ses lunettes, penche la tête vers moi et la frotte contre mon bras, à la manière d'un chat. Je suis très gênée. Je sirote mon cocktail et je me dis que je tiens remarquablement l'alcool. Je pense qu'il faudrait que je parle de l'argent maintenant, mais je n'ose pas. Ma culpabilité grandit, vis-à-vis de Harry parce qu'il ignore la vraie raison de ma visite, et vis-à-vis de ma mère, que je trahis en ne m'acquittant pas de ma mission. Tout à coup je regarde ma montre et je m'aperçois que je vais rater mon train. Je me lève, Harry aussi. Et brusquement les mots sortent de ma bouche. Je parle avec calme, avec aisance, accompagnant mes mots de gracieux gestes de la main : « Harry, est-ce que tu te souviens de cette somme d'argent que tu as empruntée à Jacques ? Est-ce qu'il te serait possible de la rembourser ? Ou au moins une partie ? »

« Mais bien sûr ! Bien sûr ! Je vais le faire... » Il rit, comme si ma demande était normale, évidente, presque ridicule. Et très vite, son œil gauche se met à couler. Il cherche un mouchoir dans sa poche, et je me rends compte que ce n'est pas une larme qui coule, c'est son œil lui-même qui semble fondre et devenir liquide. Harry applique fort le mouchoir pour empêcher son œil de se répandre. L'instant d'après, nous ne sommes plus sur la terrasse de l'hôtel mais dans une chambre d'hôpital. Harry dort, allongé sur un lit. Lydia est debout en face de moi, à contre-jour, ce qui fait que je ne vois pas bien son visage. « Regarde comme tu es habillée, me dit-elle. Tu veux séduire mon mari ? J'ai bien vu ton petit manège, tu sais. » Je remarque alors que je porte un bustier de satin noir. Mes épaules, mes bras sont nus. Je rougis violemment.

Je me suis réveillée à cet instant, les joues encore cuisantes, un contrôleur venait d'entrer dans le compartiment pour nous rendre nos passeports et nous dire qu'il était l'heure de relever les couchettes.

À la gare, j'ai changé mon argent français. J'étais affamée et j'ai commandé un thé et deux croissants, qui sont arrivés nappés d'un écœurant glaçage de sucre. Pendant que je déjeunais, j'ai répété tout bas l'adresse de la société de Harry pour être sûre de la prononcer correctement. Puis je suis montée dans un taxi. C'était un jour clair et froid. La voiture bringuebalait sur les pavés, vitres baissées, et le chauffeur m'a demandé d'où je venais. Il n'était pas aimable. Quand j'avais voulu lui montrer le papier avec l'adresse, pour être certaine qu'il m'avait bien comprise car il semblait ne pas connaître cette rue, il avait repoussé ma main d'un geste agacé. Il y avait beaucoup de circulation. J'ai reconnu le Colisée, noirci par les pots d'échappement, puis le Forum, et j'ai éprouvé un stupide sentiment d'importance. J'avais l'impression d'avoir vingt-cinq ans, et non seize. J'étais à Rome pour avoir une conversation d'adulte à adulte et récupérer une somme d'argent. La voiture a quitté le centre, nous avons roulé longtemps, et j'ai craint de ne pas avoir assez pour payer cette course et celle du retour. J'ai demandé au chauffeur s'il avait une idée du montant de la course. Il ne m'a pas répondu. Je me suis souvenue que le guide que j'avais feuilleté préconisait de ne pas monter dans le premier taxi venu et de vérifier qu'il y avait un compteur. Avec une fierté dérisoire, j'ai pensé que justement, je connaissais le mot compteur. *Tassametro*. J'ai donc demandé où était le compteur, *Scusa, signore, il tassametro, dov'è ?* Je n'ai pas compris la réponse du chauffeur, mais j'ai compris la question qu'il me posait. Il voulait savoir combien j'avais sur moi. Je lui ai dit qu'il fallait absolument que je puisse retourner à la gare en taxi. Nous nous enfoncions dans une sorte de quartier résidentiel où il y avait de moins en moins d'habitations et beaucoup de verdure. De temps en temps, une grille moderne, fermée, mais presque aucun bâtiment en vue. J'ai sorti mes lires de ma poche, j'ai déduit mentalement de quoi m'acheter à manger et à boire, et j'ai annoncé une somme qui a contrarié le chauffeur. Il a freiné, s'est rangé sur le bas-côté et m'a demandé l'argent en me disant que l'endroit où je voulais aller était plus loin, au bout de cette rue. Je lui ai tendu les billets, qu'il m'a presque arrachés des mains. J'ai ouvert la portière et au moment où je posais le pied par terre, il a brutalement redémarré, puis donné un coup de frein. Je suis sortie en titubant et j'ai claqué la portière de toutes mes forces. Il a hurlé une insulte, *Stronza*. J'ai eu peur qu'il sorte de la voiture pour me frapper. Mais il a redémarré en trombe, et la voiture a disparu. J'ai marché longtemps, dans cette rue, qui ne ressemblait pas à une rue, et où je ne pouvais lire aucun numéro. Au bout d'un kilomètre environ, j'ai aperçu un bâtiment gris et bas, une sorte de bunker amélioré, entouré d'arbres. Sur une plaque, j'ai reconnu le nom de la société de Harry. Je suis entrée dans un hall assez vaste, désert, au milieu duquel une standardiste parlait au téléphone avec un casque. Elle était comme sertie dans un bureau circulaire immaculé. J'ai attendu qu'elle ait terminé sa conversation. Derrière elle il y avait une large double porte en verre dépoli. Mon cœur s'est mis à battre plus fort. J'ai demandé à la standardiste si monsieur Chandhary était là aujourd'hui. Elle a froncé les sourcils, apparemment le nom ne lui disait rien. Elle m'a demandé le mien. Je le lui ai donné. Le téléphone ne cessait de sonner et elle s'est interrompue plusieurs fois pour répondre. Elle m'a redemandé mon nom, puis celui de la personne que je désirais voir, et elle a fini par me tendre un papier et un stylo. J'ai écrit mon nom et juste en dessous celui de Harry, en lettres capitales. J'étais si troublée soudain à l'idée que peut-être Harry allait lire ce mot, le tenir entre ses mains, que j'ai fait une faute à son nom, et je l'ai corrigée d'une rature. Désespérée, j'aurais voulu recommencer mais la jeune femme tendait déjà la main, impatiente. Alors, j'ai griffonné à toute vitesse, en pattes de mouche : *je voudrais te voir*. La standardiste a pris la feuille et m'a dit d'aller m'asseoir en me désignant une rangée de poufs en cuir noir. Elle s'est extirpée de son bureau et a franchi la double porte en verre dépoli en la refermant aussitôt derrière elle, j'avais à peine eu le temps d'apercevoir un morceau de couloir moquetté de bordeaux. Je me suis assise, les yeux rivés sur la porte derrière laquelle je croyais par moments distinguer des ombres. Harry était-il vraiment là, quelque part ? En cet instant, il me semblait que non. Derrière cette porte, je ne sentais rien qu'un vide hostile. Ma présence dans ce hall me paraissait totalement absurde. Il n'y avait aucun bruit. Le téléphone ne sonnait plus, peut-être la jeune femme avait-elle coupé la sonnerie. Au bout de deux ou trois minutes, elle est revenue, je me suis levée comme un ressort pour aller à sa rencontre. Elle a secoué la tête et a déclaré qu'elle ne pouvait pas m'aider. *Mi dispiace*. Mais monsieur Chandhary travaille bien ici, n'est-ce pas ? ai-je insisté. Elle a haussé les épaules et, tout en réintégrant sa mini-forteresse blanche, m'a dit qu'elle ne connaissait pas le nom de toutes les personnes qui travaillaient pour cette société. Elle a remis son casque et rangé ses cheveux de chaque côté derrière ses oreilles. Vous êtes sûre qu'il n'est pas là aujourd'hui ? *Mi dispiace*, a-t-elle répété, cette fois pour me faire comprendre que notre échange était terminé et que je n'avais plus qu'à repartir.

J'ai repris en sens inverse cette rue interminable où ne circulait personne, me demandant comment faire pour retourner dans le centre. Mais plus je m'éloignais du bunker gris et de sa standardiste, plus j'avais l'impression que Harry était bien là, quelque part, derrière la porte en verre dépoli. Je sentais sa présence dans mon dos, presque aussi nettement que s'il venait de me toucher l'épaule. Une pensée m'a stoppée net. La standardiste était revenue sans la feuille de papier sur laquelle j'avais écrit mon nom et celui de Harry. L'avait-elle jetée dans une poubelle avant de revenir dans le hall ? Ou était-ce Harry lui-même qui l'avait froissée et jetée dans la corbeille de son bureau ? Avait-il deviné pourquoi j'étais venue ? Était-il terré dans son bureau ? Se préparait-il à attendre la tombée de la nuit, s'il le fallait, ou l'heure du dernier train pour Paris, afin d'être sûr de ne pas me croiser ? Je me suis remise à marcher, m'adressant mentalement à Harry, le suppliant de me laisser le voir, lui promettant que je ne voulais pas le harceler. Je répétais ces phrases comme une prière, scandée par le bruit de mes chaussures. Mais la présence de Harry, si perceptible, si nette, un instant plus tôt, s'est diluée, effacée. J'étais seule au milieu de nulle part et je priais dans le vide. J'ai commencé à marcher de plus en plus vite, sans avoir la moindre idée de l'endroit où j'étais. L'après-midi était bien avancé et je commençais à avoir peur de rater mon train. Enfin, je suis parvenue à un carrefour où il y avait un arrêt d'autobus, j'étais très loin du centre, mais je n'étais plus perdue. J'éprouvais seulement un sentiment de solitude extrême, et je trouvais étrange d'avoir fait plus de mille kilomètres pour ne voir personne. Une fois dans le bus, du haut de mon siège, je me suis mise à scruter l'intérieur des voitures, souhaitant désespérément apercevoir Lydia et les enfants dans l'une d'elles. Reconnaître leurs visages, trouver qu'ils avaient l'air normal, l'air joyeux, et être certaine que Harry n'était pas mort. Que ce n'était pas une crise cardiaque qui l'avait fait tomber dans la galerie marchande de l'hôtel Ivoire. J'étais d'accord pour tout, mais pas pour être partie à la poursuite d'un mort.

Arrivée à la gare, j'ai appelé ma mère d'une cabine. Au ton de ma voix, elle a tout de suite compris que mon voyage n'avait servi à rien. Je me suis cru obligée de mentir, de dire que j'avais insisté, que j'avais attendu plus d'une heure dans les bureaux de la société. Le téléphone avalait mes petites pièces à une vitesse folle, et nous avons été coupées. Le jour baissait, une fatigue immense s'est emparée de moi. Je me suis endormie avant que le train ne quitte la gare de Termini.

7

Ma mère est partie rejoindre Jacques, le 21 février. Elle prenait le train de 10 heures, son avion partait en fin d'après-midi. Irène et moi l'avons accompagnée à la gare en taxi. Comme nous étions en avance, nous sommes montées dans la voiture avec elle et pendant un quart d'heure, au milieu des autres voyageurs déjà installés et silencieux, nous avons eu ce genre de fausse conversation à voix basse que l'on a quand on se donne en spectacle, et j'ai songé que nous le faisions très bien. Puis Irène et moi sommes descendues sur le quai, agitant les bras sans savoir si notre mère nous voyait car elle était assise de l'autre côté de la travée. Quand le train a disparu, nous sommes allées fumer en attendant le bus numéro 4. De retour à la maison, nous étions complètement désœuvrées. J'ai proposé une partie d'échecs, qu'Irène a déclinée. Nous sommes montées chacune dans notre chambre. Le soir, nous avons fait des pâtes et ensuite nous avons regardé la télé jusqu'à une heure du matin, ils passaient *Rocky I* et *Rocky II*.

Quelques jours plus tard, un type a commencé à traîner à la maison. Quand j'arrivais du lycée, je les trouvais, Irène et lui, dans la cuisine en train de boire du thé. Ou bien, dès que j'entrais dans le jardin, j'entendais le piano et je savais qu'il était là. Il était professeur de piano, Irène l'avait rencontré à un concert. J'ai cru comprendre qu'il l'avait abordée à l'entracte. C'était un vieux de trente ans, et je crois qu'Irène en était flattée. Il s'appelait Frédéric. Il portait d'épaisses lunettes et une barbe comme un buisson. Au fond de cette broussaille s'agitait une bouche pâle, aux lèvres fines et molles. C'était quelqu'un qui parlait beaucoup. Quand il s'adressait à moi, il devait avoir l'impression que je l'écoutais attentivement, mais je ne faisais que regarder ses petites lèvres molles au milieu du fouillis de sa barbe. J'étais fascinée par le dégoût qu'elles m'inspiraient. Sûrement était-il particulièrement volubile en ma présence parce qu'il sentait mon hostilité. Il me posait tout le temps des questions stupides, me demandait si ça se passait bien au lycée, ce genre de choses. La première fois, il m'avait regardée avec ses yeux élargis par les verres de ses lunettes et m'avait dit, Alors, toi aussi, tu es mélomane ? J'avais rougi de honte pour lui. Soudain aucun mot de la langue française ne m'avait paru plus ridicule et plus douteux dans son étymologie que ce « mélomane », d'autant que je venais d'apprendre l'existence du mot érotomane, et que tous les mots en « mane » me paraissaient désormais infusés d'un mélange de virilité grossière et de perversité. J'avais imaginé Frédéric dans le hall de la maison de la culture s'approchant d'Irène et lui disant : Alors comme ça, vous êtes mélomane ? Comment avait-elle pu engager la conversation avec lui ? Par ailleurs, il ne me semblait pas très bon musicien pour ce que je pouvais en juger. Qu'il joue Brahms ou Ravel, ça sonnait toujours comme une espèce de soupe dont les morceaux de légumes n'auraient été ni entiers ni mixés, mais vaguement écrasés. Je trouvais qu'il jouait trop fort tout le temps, ou peut-être utilisait-il trop la pédale. Mais bien sûr, il y avait une certaine magie à entendre ce piano sonner, à être surprise par des accords qui me traversaient physiquement et parfois m'émouvaient malgré moi.

Quand je rentrais un peu tard, ils étaient souvent au salon tous les deux, lui en train de frapper les touches à grands gestes, et Irène assise dans le canapé, très concentrée. Et je priais pour qu'il ne reste pas dîner, mais il restait, de plus en plus fréquemment, si bien que j'ai pris l'habitude de me faire un plateau-repas devant la télévision, soi-disant pour les laisser tranquilles.

Un samedi soir, Irène m'a annoncé que Frédéric souhaitait nous inviter toutes deux au restaurant, il insistait pour que je vienne. J'ai dû monter à l'arrière de sa voiture, qui sentait le plastique et le renfermé. J'ai regardé Irène régler le chauffage et la ventilation, comme si elle était chez elle, et vérifier son maquillage dans le miroir. Mais oui, tu es très jolie, a dit Frédéric. J'ai envisagé de descendre de la voiture au feu rouge et de rentrer à pied. Je me sentais piégée comme un enfant. Le repas m'a paru atroce. Frédéric ne cessait de répéter, C'est moi qui vous invite. Et me posait des questions pour bien montrer qu'il s'intéressait à moi. Si je disais que j'allais à la piscine, il disait que lui aussi et il voulait savoir en combien de temps je nageais le kilomètre. Je regardais ses petites lèvres molles parler, avaler des morceaux de pizza, des gorgées de bière. Je me demandais s'il avait déjà embrassé ma sœur. Sûrement il l'avait fait. À la fin du repas, je ne sais plus pourquoi, peut-être parce qu'il y avait eu une éclipse de soleil peu de temps auparavant, nous nous sommes mis à parler de l'espace, de l'univers, et tout à coup Frédéric nous a regardées gravement et nous a dit qu'il croyait en Dieu. Il l'a dit avec tant de sérieux et de candeur qu'Irène et moi avons éclaté de rire. Son regard s'est troublé un instant, puis il a insisté, Dieu est derrière toute chose. Et je sens qu'il m'accompagne. Il a fait une courte pause et a ajouté, Pas vous ?

– Je crois que je n'aimerais pas du tout ça, a répondu Irène en ricanant.

Frédéric a souri avec mansuétude et il s'est levé pour régler l'addition. Irène a fini sa bière, les joues empourprées, et a commencé à enfiler son anorak. En sortant de la pizzeria, nous avons remercié Frédéric comme deux gosses bien élevées. Pendant le trajet nous sommes restés silencieux, mais lorsque nous sommes arrivés à la maison, Irène a proposé une tisane, ce qui m'a surprise. Peut-être se sentait-elle coupable de s'être moquée de lui. Je suis montée me coucher. Le lendemain matin, Irène n'était ni dans la salle de bains ni dans la cuisine, alors qu'elle avait cours à 8 heures, comme moi. En allant chercher mes affaires de classe après mon petit déjeuner, j'ai remarqué que la porte de la chambre d'amis était entrouverte. Le matelas avait été enlevé, ce qui signifiait qu'Irène avait confectionné un lit à deux places dans sa chambre. Je me suis dépêchée de récupérer mes affaires en évitant de regarder la porte de la chambre d'Irène, et j'ai filé en classe. Il faisait froid et il y avait du brouillard. Moi qui ne croyais pas en Dieu, j'ai prié pour que Frédéric ne soit pas là à mon retour, pour qu'il ne vienne pas s'installer chez nous. Irène avait enfreint la règle que nous n'avions écrite nulle part, mais qui interdisait les intrus quand nous étions seules, elle et moi. Ne s'attardaient à la maison que les amis, les siens ou les miens, que l'autre connaissait bien et dont la présence lui était devenue presque aussi familière que celle du chat. Aucun ne restait dormir, à moins qu'il ne soit très tard et qu'il n'habite pas le quartier.

Ça ne t'embête pas si Gabriel reste dormir, me disait Irène, et je répondais que ça ne m'embêtait pas. C'était notre code. Rien ne devait perturber notre routine, notre alliance d'adolescentes semi-abandonnées et raisonnables, dont les transgressions se limitaient à sécher quelques cours, à boire du whisky Coca jusqu'à la nausée, à regarder des films d'horreur ou à écouter de la musique très fort au milieu de la nuit. La maison était un territoire protégé. Ce jour-là je suis allée faire mes devoirs au café, décidée à rentrer le plus tard possible. Quand je suis arrivée à la maison, Irène était en train de vider un pot de sauce tomate dans une casserole et m'a demandé si elle ajoutait du piment. Je suis montée prendre une douche. Le matelas de la chambre d'amis était revenu à sa place. Irène, au pied de l'escalier, m'a crié qu'elle avait loué un film. *The Haunting*, a-t-elle dit, c'est vieux mais il paraît que c'est bien.

Pour fêter nos retrouvailles, Irène nous a fait deux gin-tonics, et nous étions déjà ivres quand notre mère a appelé. J'ai décroché, et le son si particulier des communications avec l'Afrique, un son lointain recouvert d'un souffle et empli d'écho, comme si l'appel venait d'une autre planète, m'a en partie dessaoulée. Maman ! me suis-je écriée d'un ton trop joyeux, et j'ai fait de grands signes à Irène pour qu'elle baisse la musique. Maman ? ai-je répété, plus calmement. Ses intonations étaient presque aussi artificielles que lors de nos adieux dans le train, et j'ai compris que Jacques était juste à côté et qu'elle ne nous dirait rien. Après avoir pris de mes nouvelles – est-ce que je ne me couchais pas trop tard, est-ce que je prenais le temps de manger quelque chose avant de partir en classe, le matin ? –, elle m'a demandé de lui passer Irène. Elle voulait savoir si les factures de téléphone et d'électricité étaient arrivées, et lui a dit de les payer par chèque en imitant sa signature. Debout près d'Irène, j'avais pris l'écouteur. Quand ma mère a dit, Et toi, ma chérie, comment tu vas ? j'ai reposé l'écouteur et je suis allée chercher mon verre. Puis j'ai observé Irène, accoudée à la petite table. Sous l'effet du gin, je les voyais, elle et la chaise sur laquelle elle était assise, et la table aussi, se soulever doucement. Tout en parlant, Irène gribouillait sur le bloc-notes posé près du téléphone. Au bout d'un moment, elle a dit, Non, tu sais, ça va, je t'assure, on se débrouille, ce n'est pas la peine, ne l'appelle pas. Et j'ai compris que notre mère suggérait que nous passions un ou deux week-ends chez notre père et Katia. Nous n'en avions pas envie. J'ai regardé Irène en secouant la tête pour lui dire que j'étais d'accord avec elle.

Quand Irène a raccroché, elle s'est laissé glisser par terre et s'est allongée, les bras en croix, les yeux au plafond. Je te parie qu'il n'y a aucun contrat et que c'est la merde là-bas, a-t-elle dit. Je me suis assise près d'elle. Le disque que nous avions mis était fini et j'entendais dans les enceintes le bruit régulier du saphir qui butait à l'extrémité du dernier sillon. J'étais soudain trop fatiguée pour me relever et aller mettre l'autre face. Le bruit du saphir a pris toute la place dans le silence, jusqu'à devenir insupportable, mais je ne bougeais toujours pas. Je me suis aperçue qu'Irène pleurait.

– Qu'est-ce que tu as ?

Je voyais ses larmes couler le long de sa tempe et se perdre dans ses cheveux.

– J'ai peur que Jacques m'ait appris une chanson nazie.

– Qu'est-ce que tu racontes ?

– Tu te souviens de ce film qu'on a regardé l'autre jour, le film d'Ettore Scola, avec Marcello Mastroianni et Sophia Loren ? On entend des chants allemands à la radio, tu te souviens ?

– Oui.

– J'ai reconnu une chanson que Jacques m'a apprise.

Irène s'est redressée. En un instant j'ai vu son front se couvrir de sueur. Son visage est devenu blanc.

– Attends, il faut que j'aille gerber d'abord.

Elle s'est précipitée aux toilettes, je l'ai suivie en courant. De l'autre côté de la porte, je l'entendais vomir à grands jets.

– J'ai bu le gin trop vite, merde !

– Tu veux que j'entre ?

Comme elle ne répondait pas, j'ai poussé la porte et me suis glissée près d'elle. Penchée au-dessus de la cuvette, elle essayait de retenir d'une main ses cheveux qui pendaient tout autour de son visage. J'ai attrapé les mèches de chaque côté et je les ai rassemblées dans sa nuque. Elle a expulsé un dernier jet où j'ai deviné des chips à peine mâchées. Elle a déclaré, Ça va mieux. Je suis sortie pendant qu'elle se rinçait la bouche et se passait de l'eau sur le visage. Au salon, le silence était toujours rythmé par le petit *pop* du saphir. J'ai éteint la platine. Irène m'a rejointe.

– C'est quoi, les paroles de la chanson ? ai-je demandé.

– Ça parle de garçons et de filles qui aiment bien aller danser le samedi soir. Parce que ça leur met la joie au cœur. C'est complètement con.

– Ça n'a pas l'air ultra-nazi.

– Après ça parle de la beauté de la forêt allemande et du vent froid. De toute façon, j'ai entendu la chanson dans le film, c'étaient des soldats qui la chantaient. Pendant un défilé nazi.

Le vent froid s'était immiscé dans le salon, la beauté de la forêt allemande pesait sur notre estomac plus sûrement que le gin.

– Jacques est trop germanophile, ai-je dit.

– Il aime trop les uniformes, a dit Irène.

Nous avons ouvert un nouveau paquet de chips et avons commencé d'instruire le dossier de Jacques. Nous faisions la liste des disques qu'il écoutait à Abidjan. Wagner en tête. Nos mâchoires se sont crispées. Subitement je me suis rappelé qu'il y avait aussi des disques de Marlene Dietrich.

– J'ai vu un reportage sur Marlene Dietrich. C'était une vraie résistante.

– Oui, a répondu Irène, mais pourquoi chante-t-elle une chanson dans laquelle elle dit qu'il lui reste une valise à Berlin ?

– Tu es sûre ?

Nous nous sommes interrogées sur le contenu de la valise de Marlene Dietrich.

– Est-ce qu'il t'a appris une autre chanson allemande ?

– Oui. Une chanson du Tyrol. Sur un type qui chasse un chamois ou un bouquetin et qui n'arrive pas à le tuer. Complètement con aussi.

– Mais pas nazie ?

– Je ne crois pas.

– Mais qui lui a appris des chansons allemandes ? ai-je demandé. Tu crois que c'était un soldat allemand quand il était petit, quand Le Havre était occupé ? Il disait qu'il y avait des Allemands partout. Il y avait un soldat allemand qui lui parlait, parfois, dans le jardin.

Je me suis aperçue que nous parlions à voix basse, comme si nous risquions d'être entendues. Par qui ? Jacques ? Nous posions des souvenirs de lui comme des pions devant nous. Jacques et sa raie impeccablement dessinée sur le côté, Jacques et sa raideur militaire, ses cols de chemise boutonnés. Jacques admirateur d'Herbert von Karajan. Jacques nous disant d'un ton glacial que nous ne sortirions pas de la piscine avant d'avoir effectué chacune dix longueurs. Mais aussi Jacques nous apprenant *Bella ciao* à deux voix. Jacques ne manquant aucun documentaire sur la résistance, Jacques levant la main pour nous intimer de nous taire parce que soudain on entendait *Le Chant des partisans*. Nous avancions des pions pour en faire reculer d'autres. Et c'était comme si Jacques assistait clandestinement à cette partie. Nous sentions sa présence dans la pièce près de nous. Il était dans le salon comme un loup.

J'ai la certitude que jamais nous n'aurions eu cette conversation, Irène et moi, si nous n'avions pas été ivres. Depuis six ans que Jacques était entré dans notre vie, jamais nous n'avions parlé de lui vraiment. Nous pestions contre ses règles, sa sévérité, et parfois nous nous moquions de lui en douce. Nous ne parlions pas du fait que nous avions le sentiment de vivre avec un fou. Pourtant depuis des années, le soir, sous nos yeux, Jacques allait se coucher, une carabine à l'épaule. Parce qu'il était persuadé que des gens pouvaient venir nous attaquer la nuit. Je me rappelle notre sidération, le premier soir où nous l'avions vu passer dans le couloir, une carabine en bandoulière. C'était à Abidjan, lors de notre tout premier séjour, des vacances organisées pour que nous fassions plus ample connaissance avec notre beau-père. Nous nous étions relevées pour boire de l'eau, Irène avait douze ans, moi dix. Nous n'avions rien dit – ce n'est pas exact, l'une de nous avait demandé : Pourquoi tu as un fusil ? Et Jacques nous avait répondu, à mots mesurés pour ne pas nous effrayer. Sûrement en avait-il profité pour préciser la différence entre un fusil et une carabine, lui qui ne supportait pas l'approximation. Puis il était entré dans la chambre où notre mère était déjà couchée, et il avait fermé la porte. À clé. Irène et moi, nous nous étions mutuellement interrogées du regard. Notre mère était-elle en danger ? Cette scène s'était répétée et, sans tout à fait nous y habituer, nous l'avions intégrée à notre quotidien. Notre mère avait épousé un type qui portait des pyjamas aux couleurs vives et qui, chaque soir, récupérait sa carabine dans un placard avant de disparaître avec elle, notre mère, pour la nuit. Irène et moi n'avions jamais échangé un mot à ce sujet. Seuls nos yeux se parlaient : Tu vois ce que je vois ? Oui.

Comme si elle venait de deviner ma pensée, Irène a dit :

– Ce qui me fait peur, c'est que je m'habitue à tout.

Elle a plongé sa main dans le paquet de chips, avant de poursuivre.

– Quand ils nous ont annoncé le divorce, j'ai pensé que j'allais me suicider. Je voulais me suicider juste pour les faire chier et qu'ils pleurent jusqu'au bout de leurs larmes. Trois semaines après, j'étais habituée. Je trouvais la situation normale. Je trouvais que Katia et papa allaient bien ensemble. Et j'adorais Katia. Peut-être que j'ai trop bon caractère.

Je me suis empressée d'allumer une cigarette pour dissimuler mon envie de rire. Irène ne l'a pas remarqué. Elle était trop saoule et trop concentrée sur ce qu'elle disait.

– Je suis contente que papa et maman aient divorcé. Maintenant, l'idée qu'ils aient pu être ensemble me paraît un mensonge, quelque chose de faux. D'ailleurs, ils avaient préparé leur coup depuis longtemps. Quand ils nous ont annoncé le divorce, ils étaient déjà recasés.

J'ai acquiescé vigoureusement. Dans les vapeurs du gin, ce

qu'Irène venait de dire m'apparaissait comme un éclat tranchant de vérité.

– Est-ce que j'ai raison, ou est-ce que je me suis habituée ?

J'ai tenté de lui couper la parole pour lui dire, Tu as raison, tu as raison, leur mariage était un mensonge, mais Irène était lancée, et continuait en s'accompagnant de grands gestes.

– Toi et moi, on n'avait pas le choix. C'était comme ça, un point c'est tout. La réalité, on l'avale et on la digère. Comme un bébé dans sa chaise haute avale l'une après l'autre les cuillerées de fromage blanc qu'on lui présente. On est tellement occupé à avaler qu'on n'a pas le temps d'avoir une opinion.

Elle a écarté les chips et a allumé une cigarette. J'avais l'impression que nous fumions cette conversation. Que le paquet entamé y suffirait à peine. Il nous fallait la consumer jusqu'à en avoir mal à la gorge.

– Et tu trouves que maman et Jacques vont bien ensemble ? ai-je demandé.

– Je crois, oui. Parce que ça ne la dérange pas que Jacques soit fou. Au contraire.

C'était la première fois que l'une de nous prononçait le mot.

– Mais parfois, je pense qu'elle devrait se barrer.

– Donc, tu trouves que Jacques est fou ? ai-je insisté.

– Il y a de quoi se poser la question, non ? Mais peut-être que papa est plus fou que Jacques, parce qu'il est tellement raisonnable.

– Je crois que nous avons honte de Jacques.

– Bien sûr. Il nous fait honte.

À cet instant, j'ai compris que depuis des années, nous tenions notre langue, nous ne parlions à personne des bizarreries de Jacques, pas plus à nos amis qu'à notre père ou à Katia. Nous

nous protégions de la honte qui brûlait en nous. Mais aussi, nous le protégions, lui. La dernière personne à qui nous nous serions confiées était notre père. Le combat nous aurait semblé trop inégal, celui d'un homme respectable contre un homme que tout accuse. Surtout, nous ne voulions pas que Jacques soit jugé. En tout cas par quelqu'un d'autre que nous. Parce qu'à l'exception de notre mère, nous étions les seules à le connaître. Parfois, comme Irène, je pensais que notre mère ferait bien de partir. Pas à cause de la carabine, nous avions compris depuis longtemps que Jacques n'était pas Barbe-Bleue. Mais parce que la vie avec lui était aussi difficile qu'une ascension en haute montagne. C'était lui qui inventait à chaque heure le paysage, les parois, les abîmes, les points de vue stupéfiants. Notre mère s'y adaptait, nous aussi. Pourtant quelque chose en lui nous émouvait, au-delà de l'amour qu'il nous portait. Peut-être était-ce justement sa folie. Peut-être était-ce, aussi, son ridicule.

Il y a une autre raison, je crois, moins avouable, pour laquelle nous n'aurions pas parlé à notre père. D'une certaine manière, nous l'avions trahi. Nous avions inventé avec un autre quelque chose de plus amusant, de plus excitant qu'une famille. Nous avions en commun avec Jacques la phobie de la routine, le goût de vivre des moments étranges, comme nos conversations nocturnes. Une image me revient, elle appartient à ce tout premier séjour à Abidjan, celui où nous avons découvert le rituel de la carabine. Le lendemain de notre arrivée, Jacques nous emmène à la Manutention africaine, le lieu où sont entreposées ses machines. Il nous juche à tour de rôle sur un bulldozer, à la place du conducteur. Il s'assied à côté de nous et met le moteur en marche.

8

De retour chez notre père, après ces premières vacances en Côte d'Ivoire, Irène et moi avons écrit chacune une lettre à Jacques pour le remercier. À notre grande surprise, il nous a répondu quelques semaines plus tard, à l'une et à l'autre, par une lettre de deux pages tapée à la machine et signée à la main. Aucun adulte, à part notre mère, ne nous avait jamais écrit une lettre de deux pages. Irène et moi avons aussitôt comparé nos lettres, et sûrement Jacques savait-il que nous le ferions car il n'y avait pas deux lignes semblables. À Irène, il écrivait comme s'il était le gérant d'un grand hôtel désireux de fidéliser une visiteuse de marque. Il lui disait qu'il avait tout de suite vu en elle une cliente exigeante, et avait d'abord craint qu'elle ne soit une inspectrice du *Guide Michelin.* Mais son courrier l'avait rassuré, car les inspecteurs du Michelin ne disaient jamais merci. Il détaillait ensuite les améliorations qu'il comptait faire pour son prochain séjour : achat de vrais lits pour remplacer les lits de camp, achat d'un matelas pneumatique pour la piscine, car Irène avait fait remarquer qu'il serait agréable de flotter sur un matelas pour contempler la cime des cocotiers du jardin. (Il a effectivement acheté non seulement un matelas mais aussi un canoë et deux grandes pagaies pour nos futures batailles nautiques.) Il évoquait des provisions « positivement démentes » de Coca-Cola, boisson dont nous avions fait la découverte chez lui. Et terminait en disant qu'Irène était l'invitée permanente de la direction.

Dans la lettre qui m'était adressée, il écrivait :

Ma chère Anna,

L'onde de choc qui a suivi ton séjour sur le sol ivoirien ne s'est toujours pas dissipée. Te souviens-tu de la question meurtrière que tu m'as posée la veille de ton départ ? Oh oui, tu t'en souviens d'autant mieux qu'elle a mis en lumière mon insuffisance, et de façon si cruelle ! Eh bien, figure-toi que cette question, je l'ai posée depuis, chaque jour, à au moins un individu, et que personne n'a été fichu de me répondre. Pourquoi la mer est-elle salée ? C'est à chaque fois le même silence. Mes interlocuteurs ressemblent à des poissons échoués, muets, impuissants. Oh je compte bien trouver la réponse avant ton retour. Mais je t'en prie, la prochaine fois, sois plus magnanime, ne t'empresse pas de révéler ainsi l'ignorance des grandes personnes qui t'entourent. Un Mozart sommeille en toi, c'est probable. Ce n'est pas une raison pour flinguer tout le monde. Cependant, quelles que soient tes dispositions d'esprit, je te réinvite le plus tôt possible…

L'objectif de Jacques était parfaitement atteint, Irène et moi nous sentions les enfants les plus importants au monde.

Mais son véritable but était de nous donner envie de quitter la France et de venir nous installer chez lui avec notre mère. Après notre deuxième séjour, nous lui avons de nouveau écrit pour le remercier. Et Jacques nous a répondu en nous décrivant les travaux qu'il entreprenait pour le jour où nous accepterions de nous expatrier : agrandissement de la maison, construction d'un bureau (mon laboratoire spatial, disait-il) dans le jardin afin que son bureau actuel devienne la chambre d'Irène. Ajout d'une salle de bains privative pour Irène et moi. À prévoir également par la suite, la construction d'un petit bâtiment pour accueillir des membres de notre famille ou des amis français qui souhaiteraient nous rendre visite (une chambre, plus une salle de bains). En l'absence de visite, cette maisonnette pourrait servir de salle de jeux ou de salle d'étude.

Jacques m'écrivait :

Ma chère Anna,

Est-ce que tu vois la grande haie du jardin ? Regarde-la bien… parce que moi, je ne la vois plus ! Pfffuit ! Rasée ! À sa place, un très joli mur blanc en escalier, qui épouse la pente et masque définitivement la vue de l'horrible friche, derrière. Et un pylône discret, équipé de projecteurs – orientables, s'il te plaît. Ce n'est que le début, car vois-tu, à l'idée de votre possible installation chez moi, je me sens l'âme d'un architecte…

J'ai retrouvé cette lettre, écrite il y a une quarantaine d'années. Je n'ai que deux lettres de Jacques, la première et celle-ci. Toutes deux tapées à la machine sur un papier épais et nervuré. Ces lettres sont les seuls souvenirs de lui que je possède, avec une cassette audio sur laquelle sa voix est enregistrée. En les relisant, m'apparaissent de toutes petites maladresses dans la syntaxe, que je n'avais pas vues quand j'étais enfant. J'en éprouve un pincement au cœur. Jacques n'était pas le styliste que j'avais cru lire à dix ans. Mais il avait désiré m'impressionner. Sûrement avais-je désiré l'impressionner, moi aussi, dans mes propres lettres, et c'était à cela qu'il avait répondu. Ce qui me frappe également, c'est le temps qu'il a passé à nous écrire, à Irène et moi, sachant qu'il ne faisait rien à la légère et que toute chose qui avait de l'importance à ses yeux donnait lieu à un cérémonial. Je suis certaine que lorsqu'il a décidé de nous écrire, il y a consacré, chaque fois, une bonne partie de sa journée.

Les sirènes chantaient dans les lettres de Jacques, mais nous craignions de quitter notre pays, nos amies. Nous n'avions ni l'une ni l'autre le goût de l'aventure et c'est la raison pour laquelle nous avions choisi de vivre avec notre père et Katia. Mais notre mère nous manquait de plus en plus. Nous lui écrivions toutes les semaines. Les conversations téléphoniques, brèves et rares, étaient presque une torture. On nous avait expliqué qu'elles coûtaient très cher, et nous avions l'impression à la fois de ruiner nos parents à chacune de nos phrases et qu'aucune parole ne pourrait justifier une dépense si astronomique. Ces appels ressemblaient toujours à un miracle raté. Ils nous rendaient hystériques, tant l'exaltation le disputait à la frustration, comme si nous étions chacune un petit bout de fer qu'on avait chauffé à blanc avant de le plonger brutalement dans l'eau froide. Et après, nous nous sentions tristes et abattues. Katia et notre père en payaient aussitôt les conséquences. D'une manière générale, avec eux, nous étions tantôt désagréables tantôt dépressives. Je me rappelle un samedi après-midi où, pendant plusieurs heures, Katia, assise à côté de moi sur mon lit, avait tenté de me consoler, essuyant mes larmes et me parlant avec douceur, avec une infinie patience. Pourquoi pleurais-je ? Parce que le monde est laid et cruel, avais-je répondu, car au fond, je ne savais pas la raison de mes larmes. Je me souviens de Katia caressant ma main, secouant ses cheveux blonds mi-longs d'un air désolé, et s'excusant que le monde soit effectivement si laid et si cruel. Je me souviens aussi d'une nuit où j'avais fait une sorte de crise de nerfs et où mon père, à bout de fatigue, avait fini par me dire, les larmes aux yeux, que tout était de sa faute.

Irène écoutait en boucle et à plein volume les deux premiers albums de Police et s'était fait des amis qui prenaient du poppers et du trychlo. Elle séchait les cours et allait devoir redoubler sa quatrième. Nous nous disputions parfois jusqu'à nous frapper. Je me rappelle un jour avoir tenté de me suspendre à la longue natte qu'elle portait dans le dos.

Je tombais malade régulièrement. J'étais tellement persuadée de feindre chacun de mes maux que j'étais extrêmement surprise quand on m'annonçait que je m'étais réellement évanouie, ou que la radio avait révélé une pneumopathie aiguë.

Un conseil parental a décidé qu'Irène et moi partirions vivre à Abidjan à la rentrée suivante.

Jacques a commandé des meubles en bois clair, un grand bureau, une commode et une armoire pour chacune, des meubles très chic aux angles ronds, aussi polis que des genoux de bébé. Les tiroirs étaient équipés de roulements à billes dont le ronronnement nous enchantait. Jacques avait également acheté des climatiseurs neufs, et des rideaux que ma mère et lui avaient passé des heures à choisir. Les portes-fenêtres de la chambre d'Irène, ancien bureau de Jacques et qui donnait de plain-pied sur le jardin, étaient équipées de trois tringles différentes. La première supportait un voilage pour protéger l'intimité d'Irène, la deuxième, des rideaux occultants pour qu'elle puisse dormir dans une obscurité parfaite, la troisième, des rideaux délicatement colorés pour cacher les précédents.

Jusqu'à notre arrivée, notre mère avait vécu dans les travaux en permanence, à l'intérieur comme à l'extérieur. Marteaux-piqueurs, bétonneuse, ponçeuses, perceuses, manipulés par une armée de maçons, électriciens, plombiers, peintres. Elle ne savait pas encore que, pour Jacques, cette vie était la seule qu'il aimait vraiment, celle où le présent n'avait aucune importance. Seul comptait le futur, l'utopie sans cesse réinventée, sans cesse perfectible. Étrangement, nous étions toutes les trois au centre de cette utopie. Nous en étions à la fois le cœur et le prétexte.

9

Le lendemain du retour au Havre de notre mère, vers 5 heures du soir, le téléphone sonne, je décroche et reconnais, avant même d'entendre la voix de Jacques, le son des communications avec l'Afrique. Je lui propose aussitôt d'aller chercher ma mère, mais il demande à parler à Irène.

– Irène n'est pas là.

– Alors écoute-moi. Écoute-moi bien.

Le ton est solennel, et Jacques détache chaque syllabe, chaque mot.

– Il se pourrait – je dis bien il se pourrait – que maman soit enceinte.

Le choc résonne dans ma poitrine, dans mon ventre, et irradie jusque dans mes bras, mes jambes, qui soudain me portent à peine. Et je pense, Pourquoi tu l'appelles maman ? Tu ne dis jamais ce mot d'habitude. Tu dis : ta mère, votre mère, ou tu l'appelles par son prénom. Depuis sa planète lointaine, la voix de Jacques poursuit :

– Ce serait une nouvelle extraordinaire. Et je vous demande, à Irène et à toi, de lui éviter toute fatigue.

Sur les mots « nouvelle extraordinaire », sa voix s'est emplie de chaleur. Et je continue à penser, Pourquoi as-tu dit maman ? Cela ne te ressemble pas. C'est si laid de dire maman en parlant de sa compagne, de sa femme. Pourquoi tu me parles avec cette mièvrerie ?

– Je vous demande de veiller sur elle. De prendre extrêmement soin d'elle. Je compte sur vous. Il ne faut surtout pas qu'elle se fatigue. Est-ce que tu m'entends ?

– Oui, je t'entends.

Ma voix à moi est blanche et détachée.

– Je viendrai dès que possible. Promets-moi de faire très attention à elle.

Et à cet instant, tout mon être forme le vœu qu'il n'y ait pas d'enfant. Ce n'est même pas une pensée, c'est une force qui jaillit de moi, une prière ardente. Il me semble voir le vœu de Jacques se briser contre le mien, parce que mon vœu à moi est chargé d'une telle agressivité qu'elle le rend invincible.

Je promets de faire attention à ma mère, mon intonation est froide, mais Jacques ne s'en rend pas compte. Il pense simplement que j'ai compris l'importance de la situation. Nous raccrochons. J'entends les pas de ma mère dans la chambre, juste au-dessus de moi. Elle va, elle vient, j'entends des bruits de tiroirs, elle doit faire du rangement. Est-il possible que son ventre abrite le commencement d'un enfant ? Une minuscule chose vivante est-elle là, quelque part au-dessus de ma tête, endormie, bercée par les pas de ma mère ? Soudain je vois Jacques, un bébé dans les bras. Je vois son visage transfiguré, radieux. Je les vois, ma mère et lui, penchés sur un nouveau-né, et cette image me plonge dans l'angoisse.

J'entends la porte de la chambre s'ouvrir, puis les pas de ma mère dans l'escalier.

Je me lève, je vais à sa rencontre, je sens mes jambes trembler.

Ça va, ma chérie ? me dit-elle. Je lui trouve l'air fatigué – mais n'a-t-elle pas l'air toujours fatigué ? J'ouvre la bouche, aucun son ne sort. Je la vois prendre son porte-monnaie dans son sac, puis elle va chercher le panier à provisions accroché à l'entrée de la cave. Elle revient vers moi. Je lui trouve l'air jeune. Elle enfile et boutonne son manteau. Ses gestes sont tranquilles. Je reste immobile, comme si ma seule présence muette pouvait formuler la question : Tu nous caches quelque chose ? Mais elle ne fait pas attention à moi. J'en déduis qu'elle m'ignore, que sa pensée est accaparée, comblée par cette petite chose au creux de son ventre. Elle glisse le porte-monnaie dans sa poche, prend le panier, ouvre la porte, et me demande d'allumer le four dans une demi-heure si elle n'est pas rentrée.

L'idée que ma mère ait un autre enfant qu'Irène et moi m'est insupportable. Il me semble qu'on me l'a volée, qu'elle ne sera plus jamais ma mère. Elle deviendra pour moi une étrangère et je ne serai plus l'enfant de personne.

Et qui serons-nous pour Jacques s'il a un enfant, un enfant à lui ? Nous appellera-t-il toujours ses filles ? Sa capacité à se laisser subjuguer par nos exploits dérisoires, une chanson, une réaction insolente, la fantaisie d'un geste, d'une simple phrase, cette capacité, prodigieuse chez lui, ne sera-t-elle pas tout entière aspirée par cet autre enfant ? Deviendrons-nous des fous du roi, sans charme, sans le moindre pouvoir ?

Je ne formule pas clairement ces questions, pas plus qu'Irène, mais je vois bien, à l'instant où je lui apprends la nouvelle, qu'elle pâlit et que sa bouche se tord.

– Ils sont beaucoup trop vieux ! dit-elle.

Deux heures plus tard, nous nous asseyons toutes les trois à la table de la cuisine pour dîner. Irène, assise à côté de moi, me lance des regards appuyés. C'est à moi de poser la question, puisque c'est moi qui ai eu Jacques au téléphone. Elle attend que je parle.

Nous commençons à dîner en silence. Notre mère porte deux vestes en laine l'une sur l'autre. La maison est froide et humide car nous avons coupé le chauffage, et ces jours-ci il n'y a presque pas eu de soleil, c'est une tempête ininterrompue. Au début de l'hiver, Irène s'est mise à prendre son petit déjeuner avec son anorak, et elle continue à le faire, alors que nous sommes début avril. Je regarde le visage de ma mère, régulier et sage, ses oreilles petites, si joliment dessinées, ses yeux mélancoliques, enfoncés dans les orbites qui se sont creusées et ressemblent à deux petites grottes. Je dis :

– Jacques a téléphoné tout à l'heure.

Ma mère lève les yeux vers moi. Je peine à prononcer la phrase suivante, c'est un peu comme si je crachais une poignée de graviers.

– Il dit que tu es peut-être enceinte.

Nous nous crispons, Irène et moi, je sens la tension de son corps à côté du mien. Nous attendons la réponse comme une sentence qui va décider de notre sort, et pourtant il me semble que nous sommes deux policières en train de mener un interrogatoire. Notre mère répond avec une grande tranquillité.

– Je ne suis pas enceinte. Je ne sais même pas si je l'ai été.

Mes règles sont venues ce matin. C'était peut-être simplement du retard. Impossible de savoir. Il faut que j'appelle Jacques pour lui dire.

– Tu es triste ? demande Irène.

– Je suis soulagée.

– Pourquoi ?

– Parce que je suis trop vieille.

– Pas du tout, dit Irène.

– Et aussi…

– Aussi ?

– Je ne suis pas sûre de vouloir un enfant avec Jacques.

– Pourquoi ? demande Irène.

– Parce qu'avec lui, tout est trop difficile, trop compliqué. Il voudra lui donner une éducation parfaite, il ne voudra rien laisser au hasard. Les enfants, c'est le hasard.

Elle ajoute dans un souffle :

– J'ai peur que ça le rende fou.

– Mais nous, dit Irène, on sera là pour lui expliquer que c'est normal si un enfant d'un mois ne sait pas tenir correctement sa fourchette. Ou s'il ne parle pas anglais couramment à la naissance avec l'accent d'Oxford.

Notre mère sourit à peine.

– Non, vous ne serez pas là, justement. C'est trop tard. Et je suis trop fatiguée. Tout est au-dessus de mes forces.

Elle se lève et monte dans sa chambre. Irène se met à faire la vaisselle à grand bruit. Je la laisse seule. J'entre dans le salon, je regarde le téléphone. J'attends le clic que l'appareil émet quand quelqu'un décroche sur l'autre poste. J'entends ce clic. Et je sais que ma mère est maintenant en train de composer le numéro. Je regarde l'heure. À Abidjan, la nuit est tombée. Jacques est sûrement encore dans son bureau. Je me souviens de l'espoir presque incandescent dans sa voix, tout à l'heure. Ce souvenir me transperce. Je ne sais pas comment expier ma faute. Et maintenant qu'il n'y a pas d'enfant, il me semble que c'est justement ce qu'il faudrait, la venue inopinée d'un enfant, pour secouer la maison, pour que le monde tourne autour de lui au lieu de tourner dans le vide. Maintenant que je suis sûre qu'il n'y a pas d'enfant, c'est dans mes bras que soudain j'imagine un nouveau-né. Je sens son poids tout abandonné, délicieux, et une vague d'amour monte en moi.

10

Quelques semaines plus tard, notre mère trouve un emploi dans l'immobilier. Elle se dit que si Jacques a besoin d'aide, eh bien, il embauchera quelqu'un, elle ne peut pas rester comme ça à attendre. Irène et moi sommes étonnées quand elle nous annonce la nouvelle. Partagées entre l'incrédulité, l'admiration – un premier emploi, à quarante-trois ans, n'est-ce pas admirable ? – et la crainte qu'elle ne s'en sorte pas.

Elle n'a pas de salaire fixe, elle est payée à la commission sur les ventes qu'elle réalise, et sur les « affaires » qu'elle apporte, une fois qu'elles sont conclues. Pourtant elle a des horaires de bureau, plus les visites qui se terminent rarement avant 19 h 30, et travaille souvent le samedi. Nous la voyons se préparer le matin, se maquiller et s'habiller avec soin. Nous avons peur qu'elle s'habille trop chic. Enlève quelque chose, lui dit Irène. Soit le collier, soit le foulard. Pourquoi ? demande notre mère, avec sincérité. Le foulard Hermès, ça craint, répond Irène. Il est très beau, c'est le premier cadeau que Jacques m'a fait, dit notre mère. Elle échange un regard avec elle-même dans le miroir de l'entrée, un tic pince la commissure de ses lèvres, et tout à coup j'ai l'impression qu'elle va s'effondrer et se laisser tomber dans le fauteuil. Mais non, elle s'assied sur la troisième marche de l'escalier pour enfiler ses bottes, elle nous dit qu'elle rentrera tard, elle va prendre l'apéritif chez les voisins d'en face, elle s'est rappelé qu'ils envisageaient de quitter Le Havre. S'ils désirent vendre leur maison, elle veut être la première au courant. Si je pouvais avoir l'exclusivité, ce serait formidable, dit-elle en prenant ses clés de voiture dans le vide-poche. Elle a tout un nouveau vocabulaire, qu'elle manie comme si elle était née avec, prêt-relais, compromis, promesse de vente, mais le terme qui revient le plus souvent, c'est « exclusivité ». Elle commence à parler des autres agences immobilières de la ville comme des ennemies, elle emploie parfois le mot salaud ou salope en parlant de leurs agents. Désormais quand elle fait la queue à la pharmacie ou chez le primeur, elle a l'oreille aux aguets. Elle ne sort jamais sans ses cartes de visite (imprimées à ses frais). Et le dimanche, elle téléphone à des connaissances, soi-disant pour prendre des nouvelles, dans l'espoir de pêcher une affaire. Une exclusivité.

Le samedi, elle doit souvent passer la journée dans une maison ou un appartement en vente. C'est une journée « portes ouvertes », les visiteurs viennent quand ils veulent. Parfois je lui tiens compagnie. J'emporte des devoirs, un livre, mais je n'y mets pas le nez. J'aime visiter des appartements, des maisons. J'aime regarder la vie des gens, ouvrir les placards de la cuisine pour voir ce qu'ils mangent, les placards des salles de bains pour voir la couleur de leurs serviettes-éponges. J'aime lire une rédaction qui traîne dans une chambre d'enfant et les remarques en rouge du professeur. J'aime particulièrement les chambres d'enfants et d'adolescents, les posters de chanteurs, les peluches aux couleurs sales, les petites tables maculées de colle séchée et de gribouillis au feutre. Je remets tout ce que j'ai touché exactement à sa place. Je crois entendre une voix, comme dans le conte des trois ours : Quelqu'un s'est assis sur ma petite chaise.

Si plusieurs acheteurs potentiels arrivent en même temps, j'aide ma mère à faire visiter. Je remarque une maladie chez moi : je ne peux m'empêcher de souligner les défauts de la maison ou de l'appartement. J'ai l'impression ainsi de gagner la confiance du visiteur par mon honnêteté. Si quelqu'un admire la largeur d'une baie vitrée, je dis qu'elle donne sur le nord. J'ai peur, si je me tais, qu'on me reproche d'avoir dissimulé un vice. Aussi, pendant que ma mère, au rez-de-chaussée, vante les qualités d'une maison, j'énumère ses défauts à l'étage. Ma véritable maladie, au fond, c'est de ne voir que les défauts, et même d'en inventer, dès l'instant où un visiteur franchit le seuil, alors que la minute d'avant j'étais sous le charme du lieu au point d'avoir envie d'y habiter moi-même. Ce que j'aime perd toute valeur sous le regard d'autrui.

Ni Irène ni moi ne sommes optimistes quant à l'activité de notre mère. Nous l'encourageons, un peu comme des parents encouragent leur enfant à dessiner ou à faire de la peinture, mais nous n'y croyons pas. Notre mère, elle, y croit, chaque jour et à chaque instant. Son regard n'est plus le même depuis qu'elle a commencé ce travail, il est empli d'une énergie qui semble inépuisable. Mais il est rare qu'elle conclue une affaire. Et ses revenus sont dérisoires. La banque téléphone un jour sur trois. L'organisme auprès duquel Jacques a pris un crédit envoie deux lettres recommandées par semaine. Notre mère n'a rien, hormis notre pension, un peu d'argent liquide et un découvert phénoménal. Elle essaie de joindre Jacques, mais c'est impossible. Peut-être lui a-t-on coupé le téléphone parce qu'il n'a pas payé ses factures. Ou peut-être est-ce lui qui l'a coupé pour qu'on ne puisse pas l'appeler. C'est ce qu'il fait parfois quand il se sent accusé. Et il ne rétablit la ligne que lorsqu'il a une bonne nouvelle à annoncer. Ou parce qu'il a soudain peur que l'une de nous soit malade, ou morte. Ou tout simplement quand il a décidé de le faire.

Un vendredi matin, à 8 heures, alors qu'Irène est déjà partie au lycée et que ma mère est en train de se préparer dans la salle de bains, deux hommes sonnent plusieurs fois à la porte. Ce sont des huissiers. Ils viennent faire l'inventaire de nos possessions. Je les fais entrer, je suis terrifiée et je fonce à l'étage prévenir ma mère, puis je redescends. Je me tiens avec eux dans le vestibule. Ils attendent, l'air impatient, ils ne me prêtent pas la moindre attention, j'existe aussi peu pour eux que la tache de peinture sur le carrelage, au bout de mon pied. Quelques instants plus tard, ma mère descend l'escalier, d'un pas raide. Elle se tient très droite. Elle est pâle. Elle salue froidement les deux hommes, qui lui tendent une feuille de papier, une mise en demeure.

– Vous devez signer, madame.

– Et si je ne signe pas ?

– Ça ne change rien. Nous avons un mandat de saisie conservatoire, nous devons procéder à l'inventaire.

Ils entrent dans le salon, et pendant que l'un énumère, l'autre note sur un grand bloc. Ils répertorient chaque meuble, tapis, miroir, ainsi que les lampes, les vases, jusqu'au porte-parapluie de l'entrée. Ils mesurent les rayonnages de livres. Ils font l'inventaire de tous les appareils électriques, de l'électroménager, ils notent la chaîne hi-fi, le piano, bien sûr, et son tabouret. Puis ils montent à l'étage. Ma mère téléphone pour prévenir l'agence qu'elle sera un peu en retard. Je l'entends expliquer qu'elle a un problème de voiture.

C'est si étrange de voir ces deux hommes entrer dans notre salle de bains, marcher avec leurs chaussures sur le tapis de bain où, il y a une heure à peine, je posais mon pied nu. Tandis qu'ils inspectent la pièce, je regarde les gouttes d'eau qui n'ont pas encore séché sur le bord de la baignoire. Ils inscrivent sur leur liste la malle en osier qui nous sert de panier à linge, le tabouret dont l'assise en skaï marron est tout écaillée. Ils ouvrent le placard, notent la présence d'un sèche-cheveux et de deux bouillottes en métal.

Je ne pensais pas qu'ils entreraient dans les chambres, mais si, ils y entrent. Ce sont eux qui ouvrent les portes. Dans la mienne, le lit est défait, mes affaires de classe sont étalées par terre, une culotte en coton trouée est accrochée comme un béret au montant de la chaise. Ils notent la platine, le meuble sur lequel elle est posée, les baffles, le poste de radio sur la table de chevet, la table de chevet elle-même, deux lampes. Ma mère et moi les suivons, impuissantes, de pièce en pièce, avec un mimétisme presque comique. Nous ressemblons à deux valets de pied dans une pantomime. Nous essayons d'avoir l'air peu impressionné, nos mâchoires sont serrées, et surtout, nous évitons de nous regarder.

La chambre d'Irène, contrairement à la mienne, est bien rangée. Seule traîne la pochette de la *Messe en ut mineur* de

Mozart, parce que en ce moment Irène l'écoute presque chaque jour, uniquement la face A. Oui, dans cette pièce aussi, il y a une platine et deux petites enceintes, et je pense soudain que nous sommes des gosses de riches, Irène et moi, et que nous allons être punies pour cela. Oui, il y a trois platines dans cette maison, quatre en fait, puisque la nouvelle chaîne hi-fi que Jacques a achetée comprend un lecteur de CD, dont nous ne nous servons presque jamais car pour l'instant nous n'en avons que deux. La chambre de ma mère est impeccable, les rideaux et le couvre-lit harmonieusement disposés, les bibelots sur la commode époussetés. Il y fait sombre, elle respire le calme et la tristesse.

Quand ils redescendent, les huissiers demandent à voir la cave. Nous prenons en file indienne le petit escalier où il faut se courber en deux pour ne pas se cogner à la voûte. Notre maison possède un grand sous-sol. Dans une première pièce, il y a la chaudière et la réserve de bois. Dans la deuxième, plusieurs armoires en plastique contenant des vêtements et les innombrables paires de chaussures de Jacques, car il a des chaussures dédiées à chaque occasion et chaque activité, souliers de soirée, chaussures de randonnée, palmes et chaussures de kayak. Dans la troisième pièce, qui est la plus grande et dont les soupiraux donnent sur le jardin, il y a un immense circuit électrique quatre pistes, avec loopings. Il est posé sur des tables pour ne pas avoir à se baisser quand on joue, des tables qui ont été minutieusement ajustées. C'est le premier achat que Jacques a fait après l'acquisition de la maison. À l'occasion du premier Noël que nous y avons passé ensemble. Il a mis deux jours entiers à le monter. Nous y avons joué tous les trois pendant des heures, parfois jusqu'à 1 heure du matin, ou même, encore en robe de chambre, juste après le petit déjeuner. Nous y avons joué frénétiquement, avec une concentration folle, avec des hurlements tels que notre mère finissait par nous rejoindre pour assister à nos courses, irrésistiblement attirée par les bouffées de joie sauvage qui montaient jusqu'à elle par le petit escalier.

Quand nous entrons dans cette dernière pièce, le circuit est là, à peine recouvert de poussière. Nos petites voitures, rouge, bleue et jaune, sont rangées dans des boîtes en plexiglas, près de la ligne de départ. Je regarde la manette jaune, celle de ma voiture, et je sens encore la forme du plastique tiède dans ma main. Je regarde le grand tapis en mousse que Jacques avait acheté pour stabiliser le circuit et amortir la chute des voitures quand elles dérapaient dans un virage. Ce tapis porte la marque de nos piétinements et de nos coups de talon surexcités. Je regarde sur le mur le tableau que Jacques a accroché à l'aide d'une perceuse. Les résultats de nos parties y sont consignés avec soin. Je regarde nos noms écrits de sa main, avec des majuscules aussi soignées que celles tracées par mon maître de CE1. Les records de vitesse sont soulignés, les sorties de route comptabilisées et classées en statistiques. Et c'est dans cette pièce, devant ce circuit, que le déshabillage de notre existence me semble le plus odieux.

Quand les huissiers partent enfin, ma mère leur ouvre la porte sans un mot et les regarde froidement, comme si c'était elle qui les congédiait. C'est une petite humiliation supplémentaire car ils s'en moquent éperdument. Ils laissent une feuille sur le guéridon de l'entrée. Y sont inscrites la somme due, un peu plus de seize mille francs, et la date avant laquelle elle doit être payée, dans huit jours au plus tard, afin de stopper la procédure. Sinon ? Sinon notre maison sera vidée et tout sera vendu dans le but de régler les échéances impayées ainsi que les frais d'huissier. Avant de partir au travail, ma mère s'enferme pour tenter à nouveau d'appeler Jacques. Je devine que, comme tous ces derniers jours, le téléphone sonne dans le vide. Je l'entends raccrocher avec force et crier des insultes à s'en déchirer la voix.

– Ils vont vraiment tout emporter ? demande Irène, le soir, au dîner.

– Ils doivent laisser un lit par personne, une chaise par personne, et une table, répond notre mère, comme si elle connaissait la loi par cœur, comme si elle n'en était pas à sa première saisie. Une table pour manger et pour que vous fassiez vos devoirs.

– Je m'en fous, je réponds. Je fais toujours mes devoirs par terre.

Notre mère se force à avaler une dernière bouchée de jambon et part téléphoner à un ami d'enfance, avocat. Irène et moi restons dans la cuisine. Nous essayons d'imaginer la maison vide, avec uniquement trois lits, trois chaises, une table. Dans ma vision, je supprime aussi les rideaux. C'est beau et inquiétant. Nous nous abîmons dans cette contemplation.

– On regardera la télé par terre, dit Irène.

– Je crois qu'ils prennent la télé.

Sans la télé, sans la chaîne hi-fi, c'est seulement inquiétant. Je lui raconte que les huissiers ont inspecté jusqu'aux toilettes. Irène refuse de me croire, elle ne veut pas croire non plus que le porte-parapluie a été parmi les premiers objets répertoriés.

– Qu'est-ce qu'ils prendraient dans les toilettes ?

– Le porte-serviette, le porte-savon, le miroir, le truc pour le papier-toilette.

Nous imaginons un huissier à quatre pattes en train de dévisser le boîtier qui distribue les feuilles de papier-toilette. Peut-être qu'ils vendent aussi les vis, dit Irène. Nous imaginons aussitôt les huissiers mettant de côté toutes les vis de la maison, démontant méthodiquement les poignées de porte, les barres de seuil, les aimants des placards, récupérant le moindre clou. Nous les voyons fouiller dans nos trousses d'école et dans nos trousses de toilette, se délecter de la découverte d'une barrette, d'un élastique, d'un capuchon de stylo mordillé, de chiures de gomme. Nous nous étranglons de rire en silence pour ne pas que notre mère nous entende, nous rions comme des hyènes en frappant la table, nous en tombons presque de nos chaises, nos larmes ruissellent.

11

Selon Michel, l'ami de notre mère qui est avocat, le seul moyen d'éviter la saisie est de prouver que presque tout ce que contient la maison est sa propriété à elle et non celle de Jacques. Il y a d'une part les meubles et objets qui lui ont toujours appartenu et qui furent entreposés chez notre grand-mère jusqu'à notre retour en France, d'autre part tout ce qu'elle a dû acheter au moment de notre installation, de l'électroménager à la batterie de cuisine en passant par les lits. C'était l'argent de Jacques, mais la carte bancaire et le chéquier étaient au nom de notre mère. Il faut donc retrouver tous les talons de chèque et tous les relevés de carte bancaire, factures, garanties datant de notre installation. Notre mère y consacre son week-end entier et une partie de la nuit du samedi au dimanche. Elle est seule, Irène et moi sommes à Caen chez notre père et Katia, ce week-end-là. À notre père, nous ne disons rien, comme d'habitude. Notre mère nous l'a demandé. Cela ne servirait à rien, a-t-elle dit pudiquement. Il ne pourrait pas nous aider. Nous n'aurions pas parlé de toute façon. Nous protégeons Jacques, et nous protégeons notre mère de la honte de vivre avec quelqu'un d'aussi irresponsable.

Le plus difficile est d'obtenir dans les temps une attestation de notre grand-mère pour le reste des biens. Notre grand-mère perd la tête et n'a jamais aimé sa fille. Je vois bien que tu essaies de me voler mes meubles et ma vaisselle, je ne signerai rien, dit-elle au téléphone. Irène, qui est une excellente faussaire, propose d'écrire elle-même la liste des meubles, tapis, assiettes etc. et d'imiter la signature de notre grand-mère. Nous nous asseyons à trois à la table de la cuisine. J'admire la perfection avec laquelle Irène reproduit les élégants jambages inclinés de notre grand-mère. Notre mère dicte la liste. Je peux ajouter le piano ? demande Irène. Pas question, répond notre mère, ce document est un faux qui dit la vérité. Je crains un instant que la beauté du moment ne soit gâchée, mais non, Irène n'insiste pas. Elle se console en inventant une formule solennelle et délicatement surannée pour terminer la lettre. Il ne manque plus que la signature, nous retenons notre souffle, Irène contemple un long moment le modèle qu'elle a sous les yeux, puis se lance. Nous applaudissons. La rédaction de cette lettre est l'un des meilleurs souvenirs de notre vie dans cette maison.

La veille de la saisie, notre mère réussit donc à produire un nombre suffisant de papiers pour bloquer la procédure. Le cabinet d'huissiers doit revoir son inventaire afin que seules les possessions de Jacques puissent être confisquées. Irène et moi renonçons à la vision romanesque de nous-mêmes assises par terre au milieu du salon vide, devant un poste de télévision noir et blanc emprunté aux parents de Gabriel. Nous en avons un certain regret, et Irène le réinvestit aussitôt dans le risque, bien réel, que le piano soit saisi rapidement. Elle joue désormais tous les jours, fait des gammes, des exercices, réapprend la berceuse de Satie et, quand elle ne joue pas, elle marche lentement autour du piano en caressant sa laque noire. Je la soupçonne d'y vérifier son image pour mieux profiter de sa mélancolie. De Jacques nous n'avons toujours aucune nouvelle.

Pour faire patienter la banque et avoir un peu d'argent liquide, notre mère décide de vendre la bague de sa grand-mère, une bague des années vingt en or blanc, très simple, avec un diamant de plus de deux carats. C'est le jour de son anniversaire et je l'invite dans un salon de thé qui vient d'ouvrir, rue Paul-Doumer, tenu par une jeune femme timide qui fait elle-même les meringues et les sablés qu'elle propose. Nous buvons un thé nommé Tsar Alexandre, ce nom nous donne le sentiment de baigner dans le luxe. Le décor est printanier, trois tables de jardin peintes en blanc, avec leurs chaises en fer garnies de galettes bleu pâle, et des plantes vertes devant les fenêtres. Dans une grande cage posée sur un buffet en face de nous, un canari émet régulièrement des trilles dont le rythme s'essouffle et meurt avant d'être relancé, comme par un coup de pédale. La jeune femme nous a placées sous les yeux de l'oiseau à dessein, car s'il n'a rien à observer, nous dit-elle, il dépérit. Elle nous apporte des meringues en forme de langue de chat sur une assiette. Elles sont délicieusement friables et parsèment nos lèvres de miettes. J'ai réfléchi, me dit ma mère à voix basse, il ne faut pas que je pense que j'ai trahi mon père en vendant le tapis, ni que je trahis ma grand-mère en vendant sa bague. Il faut que je me dise que c'est justement pour ça qu'ils m'ont offert ces objets, pour me venir en aide quand j'en aurai le plus besoin. En ce moment, ce qu'il me faut, c'est un miracle.

La jeune femme fait des allées et venues pour nous apporter

de l'eau chaude, nous demander si nous ne désirons rien d'autre. Chaque fois qu'elle s'approche, le canari se tait et ma mère est obligée de baisser encore la voix pour ne pas être entendue. Il faut que je laisse mon père et ma grand-mère faire ce miracle, chuchote-t-elle. Ce ne sont pas les objets eux-mêmes qui sont sacrés, c'est le geste de mon père, le geste de ma grand-mère qui le sont. Bien sûr, j'ai eu de la peine pour le tapis, et j'en ai encore, et c'est difficile pour moi de me séparer de cette bague. Ton arrière-grand-mère, c'était ma véritable mère. Elle était la bonté même, elle comprenait tout. J'aurais aimé que tu portes cette bague un jour, ou Irène. Je lui fais remarquer que ni Irène ni moi n'avons de goût pour les bijoux. Ça peut changer, ça, répond ma mère. Elle termine sa meringue et tamponne ses lèvres avec la serviette en papier pour les débarrasser des miettes. Puis elle contemple sa bague.

– Aujourd'hui c'est mon anniversaire, et ma grand-mère me fait un cadeau pour que je m'en sorte, c'est comme ça qu'il faut que je voie les choses. On m'a souvent dit que cette pierre était d'une très belle eau. Ça veut dire que sa couleur est très belle, très pure. Je pense qu'elle vaut dans les vingt-cinq mille francs.

J'ouvre des yeux ronds. En même temps, quelque chose en moi me dit qu'il ne faut pas y croire. Ma mère poursuit, presque pour elle-même.

– Vingt-cinq mille, peut-être plus… Il ne faut pas que je m'emballe. Mais vingt mille francs, c'est sûr. Je vais rembourser une petite partie du découvert ce mois-ci, je ferai un autre petit versement le mois suivant, comme ça, le compte ne sera pas bloqué. Et je garde le reste pour moi, pour voir venir. Je n'en parle pas à Jacques.

Je me dis que moi, j'aimerais en parler à Jacques pour qu'il sache qu'elle aura vendu l'un des seuls souvenirs qu'il lui reste d'une femme qui fut sa véritable mère.

Je règle les deux thés, l'assiette de meringues.

– Après le bijoutier, nous irons chez l'opticien refaire faire tes lunettes, me dit ma mère.

La boutique du bijoutier est minuscule, tout en longueur, et au fond, dans une sorte de réduit, est assis un homme à la carrure massive. Il ôte sa loupe et s'extirpe avec grâce de derrière sa petite table. Ses yeux, aux prunelles bleu pâle, sont humides et cernés de rouge, comme s'il avait pleuré. Il ressemble à un judoka vaincu. Sa voix est étonnamment fluette. Il accepte d'examiner la pierre tout de suite. Ma mère veut montrer qu'elle s'y connaît, qu'elle sait, par exemple, que ce diamant vaut probablement plus cher seul que monté sur cette bague. Tandis que le bijoutier chausse de nouveau sa loupe, elle murmure l'air de rien, On m'a dit qu'il avait une belle eau.

– Oui, dit le bijoutier.

Il examine la pierre, longuement, sous toutes ses facettes.

– Mais il y a le crapaud.

Il pose sa loupe et lève les yeux vers ma mère. Comme elle n'a pas l'air de comprendre, il dit, Vous ne saviez pas ? Non, ma mère ne savait pas. Ou plutôt si, ce mot lui rappelle soudain quelque chose.

– C'est un défaut, c'est ça ?

– Oui, répond le bijoutier. Il n'est pas visible à l'œil nu.

Quoique si, en fait, si on regarde bien, la pierre manque de transparence. À la loupe, il saute aux yeux. Si je peux me permettre.

– Et donc, ce n'est pas la même valeur, dit ma mère, le visage défait.

– Il y a une importante dépréciation, oui, dit le bijoutier. Vous souhaitiez le vendre ? Si c'est le cas, je crois que je vous conseille de ne pas le dessertir. La bague est jolie. Ça revient à la mode, ce genre de bague.

– Je pourrais la vendre à quel prix ?

– Je dirais dans les trois mille, trois mille cinq cents francs, maximum.

– Je vais réfléchir, dit ma mère.

Elle tend la main pour récupérer la bague, et la remet à son doigt. Elle remercie le bijoutier et nous sortons. Ma mère se dirige mécaniquement vers la voiture. Elle ne se souvient pas que nous devions aller chez l'opticien. Je n'en parle évidemment pas. J'ose à peine la regarder. Elle met le contact, passe la première et oublie de desserrer le frein à main. Elle le desserre sans réfléchir, la voiture fait une embardée et vient cogner le coffre de la voiture garée devant nous. Je me demande par quel sortilège Irène échappe à ces situations, il me semble que c'est toujours moi le témoin des désillusions et des humiliations de notre mère. J'ai cru y être indifférente, mais subitement c'est un poids qui m'étouffe. Je n'en peux plus. Et c'est contre elle que se retourne ma colère. J'ai compris que la valeur d'un objet n'était qu'un mirage et qu'elle n'obéissait à nulle autre loi que celle de l'offre et de la demande. Et qu'il suffisait d'avoir besoin de vendre pour être irrémédiablement du côté des perdants. C'est pourtant simple, ai-je envie de dire à ma mère, sur un ton de maîtresse d'école, un objet ne vaut de l'argent que lorsqu'il est placé derrière une vitrine. Dès qu'il quitte la vitrine, il perd les neuf dixièmes de sa valeur. Pourquoi est-ce que moi, qui ne suis pas une adulte, j'ai compris ça, et pas toi ? Pourquoi tu continues ? ai-je envie de crier. Tu cherches les coups ? Arrête, arrête d'essayer, je t'en supplie !

Jacques ne se manifeste pas davantage ce jour-là que les précédents. Il n'aime pas se plier aux dates des anniversaires, pas plus qu'à un rendez-vous de médecin ou au jour de la rentrée des classes. (Irène et moi avons parfois dû nous battre pour ne pas manquer l'école, tandis que Jacques trouvait absurde d'écourter des vacances qu'il avait improvisées quelques jours avant la rentrée.) Mais il réapparaît le lendemain sous la forme d'un colis livré à notre mère en mains propres. Il est écrit partout *Fragile* en lettres rouges. Nous ouvrons le paquet et découvrons un appareil dont nous ignorons l'utilité. Entre deux morceaux de polystyrène, une enveloppe avec un mot manuscrit de Jacques. *Mes enfants, ceci est un fax.* C'est tout ? demande Irène. Je retiens un rire nerveux. Notre mère déchire la carte, et les morceaux en tombant révèlent quelques lignes au verso. Je ramasse les morceaux et reconstitue le texte. Jacques explique que cet outil indispensable va changer notre vie. *Écrivez-moi à ce numéro dès que l'appareil est en service.* Suivent ses initiales, et rien d'autre. Après deux mois de silence, Jacques nous écrit comme si nous nous étions parlé le matin même, ne suivant que le fil de sa pensée. Aucun mot affectueux, rien qu'une impatience joyeuse et autoritaire. Irène et moi nous plongeons aussitôt dans le mode d'emploi. Et notre mère ne le supporte pas. La livraison rapide par transporteur – le colis vient d'un magasin spécialisé à Paris – a probablement coûté aussi cher que l'appareil lui-même. Avec cet argent, nous aurions pu chauffer la maison tout l'hiver prochain. Irène et moi n'y songeons pas un seul instant, nous sommes électrisées par l'injonction de Jacques. Irène s'occupe du branchement du fax et nous envoyons notre première lettre, avec le sentiment d'être des opératrices chargées de communiquer en temps de guerre : *Ici Le Havre, est-ce que tu nous reçois ? Terminé.* En guise de signature, Irène dessine deux petits personnages masqués. Pas de réponse. Notre mère écrit à son tour : *Saisie de tout ce que contient la maison évitée d'extrême justesse. Les huissiers vont revenir pour emporter tes meubles et le piano.* Pas de réponse non plus, mais quelques jours plus tard, Jacques règle une somme suffisante pour bloquer la procédure. Il n'y aura pas de saisie. Et puis, une nuit, alors qu'Irène et moi traînons devant la télévision, nous entendons un étrange ronronnement. Le fax crache lentement une longue bande de papier qui s'enroule sur elle-même. Nous reconnaissons l'écriture de Jacques et nous nous penchons pour lire, au fur et à mesure que le texte apparaît. *Mes enfants,* écrit-il, *il y a des soirs où cette solitude sans vous me tue. Il règne dans cette maison un silence effrayant. J'attends que les appels des chauves-souris soient remplacés par les premiers chants d'oiseaux. C'est interminable. Écrivez-moi, écrivez-moi vite. P-S : Irène, n'ajoute pas de dessins à tes messages, je te prie, ça consomme la moitié de la cartouche d'encre.* Le reste de la lettre est adressé à notre mère et commence par une minutieuse description du bureau qu'il a sous les yeux, avec ses machines et ses rames de papier. Sans doute Jacques veut-il signifier qu'il ne cesse de travailler, travailler, travailler. Nous arrêtons de lire.

Pendant toute cette période, je me suis mise à guetter tard le soir le ronronnement du fax. Parfois, si j'étais la dernière à aller me coucher, je traînais encore un peu au salon, je regardais la télévision sans le son, sachant que Jacques écrivait souvent vers minuit. Quand je me décidais enfin à monter l'escalier, le moindre bruit me faisait faire demi-tour. Et parfois, après m'être brossé les dents, je redescendais pour voir si un message n'était pas arrivé. J'étais fascinée qu'une lettre manuscrite puisse apparaître quelques instants après avoir été écrite à des milliers de kilomètres de là. Cette quasi-simultanéité faisait surgir l'image de Jacques, assis devant le désordre méthodique de son bureau, au milieu duquel étaient posés un verre de vin rouge et un cendrier plein. L'abat-jour de sa lampe l'éclairait comme sur une scène de théâtre. Et je pouvais presque entendre, dans le jardin, les appels gutturaux des chauves-souris, dont le son ressemblait à des notes graves frappées sur des bouteilles vides. Même si je ne répondais pas tout de suite, je n'aimais pas l'idée de n'avoir pas été là pour accueillir la lettre. Sûrement aussi espérais-je un miracle, Jacques annonçant qu'il avait signé un contrat, qu'il venait de louer à un entrepreneur trois bulldozers pour six mois, et que celui-ci avait déjà honoré les premières traites. Cette lettre-là n'arrivait jamais.

12

C’est un dimanche après-midi. Il pleut. Je me souviens du visage de ma mère, le regard fixe, les lèvres serrées. Elle est debout au milieu de la salle à manger, je la vois à contre-jour, elle porte un long pull noir qui la fait paraître encore plus mince. Elle me dit, Je vais quitter Jacques. Il faut que je divorce. Une onde me traverse, et tout mon être se fige comme si mon sang s’était changé en plomb. Ma mère me regarde, j’ai l’impression que ma stupéfaction la satisfait, comme si elle lui prouvait qu’il lui reste encore un peu de pouvoir dans l’existence. Ma stupéfaction est aussi la preuve d’un premier pas accompli. Ma mère attend que je dise quelque chose. Tu es sûre ? sont les seuls mots que je parviens à prononcer. Une phrase de Suzanne, la sœur de Jacques, me revient. J’avais séjourné chez elle l’été où Jacques et ma mère cherchaient une maison à acheter au Havre. Ma mère avait réussi à imposer cette décision à Jacques, arguant de ses problèmes de santé et du fait que bientôt Irène et moi allions entreprendre des études. Je craignais que Suzanne ne nous en veuille de laisser son frère seul à Abidjan, dans cette maison qu’il avait aménagée pour nous. Mais un matin, comme je l’aidais à éplucher des courgettes, elle avait levé vers moi ses yeux très bleus et elle avait simplement dit, Ta maman a bien du courage, bien de la patience et du courage.

Je n'ai pas besoin que ma mère me dise ses raisons. La culpabilité de Jacques m'accable. Son silence, sa disparition au moment de la mise en demeure. Le fait qu'il a soudain trouvé de l'argent pour empêcher la saisie des meubles qu'il aimait – et qu'il avait choisis seul –, alors que nous avions passé la fin de l'hiver dans une maison glaciale. Je voudrais défendre Jacques mais j'en suis incapable, je n'ai aucun argument. Et je suis si fatiguée, tout à coup. J'ai envie de dire à ma mère, Oui, va-t'en, sauve-toi, qu'on en finisse. Et ensuite, je voudrais dormir. Monter dans ma chambre et dormir cent ans. Je ne veux plus être témoin de rien. Je me réveillerai dans une autre vie, Jacques aura disparu depuis si longtemps qu'il ne sera qu'un souvenir un peu abstrait.

– Tu en penses quoi ? insiste ma mère.

Sans réfléchir, je réponds, Je crois que ça va lui faire un sacré choc.

À cet instant nous entendons la porte du jardin grincer, puis les pas d'Irène sur le gravier. La porte d'entrée s'ouvre, Irène entre, et avec elle une bourrasque de vent. Elle est trempée, ses cheveux dégoulinent sur son visage. Elle nous trouve immobiles, face à face.

– Qu'est-ce qui se passe, quelqu'un est mort ?

Notre mère répète :

– Je vais quitter Jacques.

Irène laisse tomber son sac sur le sol. Ses yeux s'agrandissent.

– Tu ne peux pas faire ça, dit-elle, et elle ajoute, la voix étranglée : On ne va pas l'abandonner !

Comme notre mère ne répond rien, Irène, soudain, fond en larmes.

– Je t'en supplie, je t'en supplie, ne fais pas ça, dit-elle.

Je n'avais jamais vu ma sœur pleurer ainsi, je ne l'avais jamais vue supplier qui que ce soit. Sa voix et son visage en larmes sont restés gravés dans ma mémoire. Et l'étrange sentiment que nous formions un tout, une sorte de trinité décidant du sort de Jacques. Il avait beau imprimer sur notre vie le chaos de ses décisions, nous nous sentions, d'une certaine manière, toutes-puissantes, et peut-être l'étions-nous.

Notre mère n'a pas quitté Jacques. Peut-être sa détermination n'était-elle qu'apparente. Peut-être avait-elle simplement besoin de penser qu'elle était libre. Peut-être était-ce une de ses stratégies pour tenir jusqu'à ce qu'il se passe quelque chose.

En août, un entrepreneur a loué à Jacques deux bulldozers pour un chantier court, mais ce chantier a pris du retard et a finalement été interrompu par l'arrivée des pluies. De toute façon l'entrepreneur ne payait pas, le peu d'argent qu'il avait versé à la signature ne suffisait même pas à couvrir l'entretien des machines. Quand les pluies ont cessé, le chantier a été reporté *sine die*. Vers la mi-octobre, un jour où je regardais ma mère recoudre un bouton, je me suis aperçue qu'elle ne portait plus sa bague. Début novembre, elle m'a emprunté le montant de mon livret de Caisse d'épargne pour acheter un billet d'avion afin que Jacques vienne passer quelques semaines à la maison. Il est arrivé le 2 décembre, tenant à la main un sac en plastique qui contenait, outre quelques effets personnels, une grande bouteille de soda et une cartouche de cigarettes. Il avait perdu quinze kilos. Il avait l'air frigorifié. Il s'est laissé tomber sur la chaise de l'entrée, Ça fait du bien de vous revoir, mes agneaux. Nous n'avons pas osé nous approcher et nous pencher pour l'embrasser.

Ma mère a suggéré qu'Irène et moi passions Noël chez notre père et Katia. Nous sommes parties le 22 décembre. Le 24 au matin, revenant de quelques courses dans le quartier, elle a trouvé Jacques inanimé, à moitié couché sur la table de la cuisine. C'était un coma diabétique. Elle a préféré ne pas nous appeler. À notre retour, elle est venue nous chercher à la gare et nous a emmenées voir Jacques à l'hôpital. Pendant le trajet, elle nous a raconté ce qui s'était passé. C'était bientôt la fin des visites, je me souviens que les couloirs de l'hôpital étaient à peine éclairés et déserts. Quand nous sommes entrées dans la chambre, Jacques était assis dans un fauteuil et regardait la télévision. La première chose que nous avons vue, c'étaient ses pieds nus si enflés qu'on ne distinguait plus leur forme. Ils étaient chaussés de sandales en éponge blanche, comme celles qu'on vous donne dans les hôtels chics, et j'ai pensé que ma mère en avait conservé une ou deux paires, du temps où Jacques et elle fréquentaient ce genre d'hôtels. Le bas du pyjama découvrait les chevilles et les mollets qui avaient doublé de volume. La peau était tendue, lisse à faire peur, et d'une couleur morte. Jacques nous a regardées. Nous nous sommes penchées, cette fois, pour l'embrasser, sans trop nous approcher car nous avions peur de heurter ou même de frôler ses pieds gonflés avec nos chaussures. Il a dit, Quelle bonne odeur de cigarette, mes enfants, vous venez de fumer avant de monter, c'est ça ? Quelle chance vous avez. Quand j'ouvre la fenêtre, parfois je sens la fumée quatre étages plus bas, quand les infirmières sont en pause, c'est divin. Il fait une chaleur épouvantable ici, l'air est atrocement sec. Et j'ai dû me battre comme un lion pour avoir une télévision qui marche.

– C'est vrai qu'il fait chaud, a dit Irène en ouvrant son manteau, soulagée de pouvoir prononcer une phrase normale.

Aussitôt Jacques a donné un petit coup sec sur la table roulante, près de lui.

– Irène, ne me dis pas que tu es allée fêter Noël chez ton père avec cette chemise abominable.

13

Jacques est sorti de l'hôpital. Il allait beaucoup mieux. Ses traits avaient perdu cette crispation permanente, mélange de souffrance intérieure, de dureté et d'exaspération. Il avait repris du poids, il était beaucoup moins fatigué, il était éveillé le jour, dormait la nuit, et comme le temps s'était spectaculairement radouci, il sortait le matin dans le jardin, en pyjama rouge et kimono noir, pour faire des exercices de respiration. Il se tenait très droit, les bras légèrement repliés à la hauteur des côtes, il prenait trois brèves et bruyantes inspirations, coudes en arrière, puis soufflait longuement, profondément, les bras arrondis devant la poitrine. Il faisait ses exercices tout en marchant sur le chemin de gravier qui entourait le jardin. J'entendais le crissement de ses pas, et quand il arrivait sous la fenêtre de ma chambre, j'entendais même sa respiration, car elle faisait autant de bruit qu'une machine à air comprimé. Combien de fois, sur la plage, avions-nous fait comme si nous ne le connaissions pas, Irène et moi, quand il se mettait à marcher en respirant ainsi et que les promeneurs se retournaient pour le regarder en souriant. Jacques n'y prêtait aucune attention. De temps en temps il s'interrompait pour nous crier, Faites comme moi, les enfants, vous sentez cette odeur d'iode, c'est merveilleux, ouvre ta cage thoracique, Irène, dégage tes épaules, tu ressembles à une tortue, c'est navrant, tu veux que je te prenne en photo pour te montrer ?

À l'hôpital, il avait appris à mesurer sa glycémie grâce à un petit appareil qui prélevait un échantillon de son sang, et à se faire des piqûres d'insuline. Mais il prétendait que les médecins s'étaient trompés sur le dosage, que la quantité d'insuline qu'ils lui avaient prescrite était trop élevée. Lui, il savait ce qu'il lui fallait. Heureusement, il savait, il avait parfaitement compris.

– C'est imprudent, disait notre mère, tu devrais respecter le dosage, les médecins connaissent bien cette maladie, il faut leur faire confiance.

Et Jacques répondait :

– Les médecins ont des schémas, ils appliquent leurs protocoles, ils ne sont pas à ma place. Moi, je sais ce que je ressens, je sais exactement ce dont j'ai besoin.

Chaque fois qu'il mesurait sa glycémie, il s'exclamait, Voilà, j'en étais sûr ! Ils se sont complètement trompés !

Quand il relevait son pyjama pour faire sa piqûre – car il continuait à passer ses journées en pyjama –, nous détournions les yeux. C'était souvent au moment où nous mettions le couvert, et nous posions les assiettes sans oser déplacer son matériel dispersé sur la table. À l'heure du déjeuner, quand il faisait beau, le soleil baignait la cuisine. Ma place était en face de Jacques et je voyais son visage en pleine lumière. Je trouvais qu'il avait beaucoup vieilli. Ses rides s'étaient creusées, la peau s'était fripée, comme si dix ans s'étaient écoulés depuis l'hiver précédent, celui où il était arrivé en fanfare et avait acheté le piano, les meubles, et fait construire le mur au fond du jardin. Son regard était plus clair depuis qu'il était sorti de l'hôpital, mais il s'était durci, il avait quelque chose de métallique, il semblait avoir perdu ses éclats d'impatience et de joie. Un jour pourtant, Irène a récité au cours du repas le monologue de Perdican d'*On ne badine pas avec l'amour*, qu'elle venait d'apprendre, et, dans le soleil, les yeux de Jacques sont soudain devenus limpides et brillants. C'est extraordinaire, a-t-il dit, qu'est-ce que c'est ?

Et puis, mi-janvier, il s'est préparé à repartir. Il a recommencé à s'habiller et à se raser tous les jours. Il est allé chercher une valise à la cave. Il a acheté des provisions d'insuline, par peur d'être en rupture de traitement. Il s'est remis à écouter la radio. Il a téléphoné à Abidjan, envoyé des fax. Il passait ses journées seul puisque nous avions repris les cours et notre mère son travail. Un soir nous avons découvert des dizaines de vêtements et de paires de chaussures dans le salon. Les vestes et les pantalons étaient posés en travers du canapé, sur des dossiers de chaises et des fauteuils, et les chaussures alignées par terre, au pied des jambes de pantalons, dessinant une multitude de silhouettes fantomatiques. Jacques avait vidé les armoires en plastique du sous-sol pour faire du tri, jeter les vêtements qu'il ne porterait plus, non parce qu'ils étaient démodés, mais parce qu'ils étaient devenus irrémédiablement trop grands.

Nous avions hâte de reprendre notre vie sans lui. Nous en avions assez de ses remarques, de son ton sentencieux. Anna, tu ne sortiras pas avant de t'être coiffée, ça m'est complètement égal que tu sois en retard. Irène, tu es complètement avachie. Nous nous étions trop habituées à vivre sans lui. Nous avions hâte de retrouver notre liberté et de balancer notre sac à travers l'entrée quand nous revenions du lycée. Nous avions hâte de remplacer Radio France international sur le poste de la cuisine par de la pop, de dévaler l'escalier en courant, ou au contraire de marcher en traînant les pieds quand le poids d'une fatigue existentielle s'accrochait à nos talons.

Notre mère ne pouvait pas l'accompagner à Paris, elle l'a seulement accompagné à la gare. Je me souviens du moment où nous nous sommes dit au revoir. Jacques a cristallisé son départ dans cette solennité dont il ne pouvait se passer et qui nous mettait toujours mal à l'aise, Irène et moi. Nous étions tous les quatre dans l'entrée, notre mère et Jacques avaient déjà leurs manteaux, et il portait sa sacoche de cuir à l'épaule.

– J'aurai besoin de vos pensées. Je vais vers des jours difficiles. Mais je dois accomplir ma tâche. J'ai un combat terrible à mener, mes enfants.

– On pensera à toi, a dit Irène sérieusement.

J'ai renchéri maladroitement. S'il s'est aperçu que ma voix sonnait faux, il n'en a rien laissé paraître. Il a embrassé notre front à chacune, tenant notre visage dans ses mains, ce que nous détestions. Nous ignorions que nous le voyions pour la dernière fois.

Ils sont sortis. Nous avons entendu leurs pas sur le gravier, puis la porte du jardin s'ouvrir et se fermer. J'ai poussé un soupir. Nous nous sommes regardées, Irène et moi, comme si nous avions besoin de vérifier dans le regard de l'autre que nous ne rêvions pas et que cette période étrange avait vraiment pris fin. Irène a dit, Voilà. Elle est montée dans sa chambre et a mis la *Messe en ut mineur*.

Le soir, nous avons dîné toutes les trois en silence. Notre mère était inquiète. Juste avant le départ, elle avait aidé Jacques à répartir l'insuline entre sa valise et son bagage à main, au cas où la valise serait égarée, au cas où l'insuline gèlerait dans la soute. Elle craignait que Jacques, selon son habitude, ne s'y prenne au dernier moment pour renouveler son stock et ne mette sa vie en danger. Au moment de faire la vaisselle, Irène lui a demandé si elle n'avait pas vu sa chemise verte à petits carreaux, sa chemise fétiche, qu'elle avait mise à sécher la veille.

– Jacques l'a jetée, a dit notre mère. Je suis désolée, ma chérie.

Irène l'a regardée, interdite.

– Pourquoi tu ne l'as pas empêché ?

– Je ne le savais pas, a répondu notre mère.

– Tu aurais dû l'empêcher de le faire, a répété Irène froidement.

– Hier soir, il m'a dit, Au fait, j'ai jeté la chemise d'Irène. Alors j'ai voulu la récupérer dans la poubelle et la cacher jusqu'à son départ. Mais c'était trop tard, il avait lui-même sorti la poubelle, et les éboueurs venaient de passer.

Irène s'est placée en travers de la porte de la cuisine, barrant le passage à notre mère. Je voyais qu'elle espérait de toutes ses forces avoir mal compris.

– Je suis désolée, a répété notre mère. Je t'en rachèterai une.

– Mais ce ne sera pas la même, a crié Irène. Cette chemise, c'est moi !

Elle a quitté la cuisine, elle est montée dans sa chambre et a claqué la porte.

14

Quand Irène était en classe de troisième, à Abidjan, elle avait trouvé un cours de théâtre. Elle y allait tous les mercredis, de 6 heures à 8 heures du soir, elle n'aurait manqué un cours pour rien au monde. Alors, à 8 heures moins vingt, le mercredi, nous montions dans la voiture, nous passions chercher Irène et nous allions au restaurant. Elle sortait en jogging, les genoux poussiéreux, les cheveux en bataille, à croire qu'elle s'était roulée par terre pendant deux heures, mais Jacques ne faisait aucun commentaire et ne semblait pas le moins du monde gêné de l'emmener dîner dans cette tenue. Irène ne racontait jamais rien de ce qui se passait pendant ces deux heures, elle avait seulement dit, une fois pour toutes, que la prof était exceptionnelle. Jacques n'a jamais posé la moindre question. Ce cours était sacré pour Irène, cela lui suffisait. Et il l'avait à son tour sacralisé en instaurant ce rituel. Ces dîners-là étaient si étrangement joyeux que j'en étais venue à adorer le mercredi soir. Et je crois que Jacques avait rarement autant le sentiment de faire partie d'une famille que ces soirs-là, ou plutôt d'en être l'invité. C'était quelque chose qui se lisait à livre ouvert sur son visage. Il avait failli ne pas avoir de famille, et finalement, il en avait une. Ce n'était pas la sienne, mais il l'avait voulue. Il l'avait, en quelques sorte, capturée.

Il ne nous était arrivé qu'une fois, à Irène et moi, de passer quelques jours avec Jacques, sans notre mère. Elle était allée en France pour voir notre grand-mère à l'hôpital. C'est un souvenir épouvantable. C'était comme si Jacques et nous étions devenus des étrangers. Les repas étaient silencieux, la discipline militaire. Le dimanche, Jacques avait dit à Irène, Tu n'as pas fait tes longueurs, aujourd'hui. Irène, exaspérée, avait marmonné entre ses dents, J'ai mes règles. Elle avait parfaitement deviné que Jacques ne supporterait pas ce manque de pudeur. Et plus jamais il ne lui avait demandé d'aller nager.

Un jour où il avait été particulièrement difficile, Irène avait demandé à notre mère :

– Pourquoi tu l'as épousé ?

Notre mère avait répondu, avec un sérieux légèrement exalté :

– Parce que c'est un homme exceptionnel.

Irène avait tourné les talons et je l'avais entendue murmurer, Exceptionnellement chiant, oui.

Parfois je pense que notre mère avait choisi d'épouser Jacques parce qu'elle aimait la difficulté, parce que c'était un choix à la mesure de sa propre combativité, de son besoin secret d'en découdre. Elle l'admirait comme elle admirait Napoléon. Elle aimait que la vie de Jacques ressemble à un destin et que ce mariage fasse d'elle une héroïne. Elle aimait aussi, je crois, même si cela l'exaspérait souvent, que Jacques ne supporte ni les contraintes ni les obligations. Et qu'il ne fasse les choses que lorsqu'il l'avait lui-même décidé. Je me souviens d'un été où elle relisait les *Mémoires de Sainte-Hélène*. Nous étions à la montagne, c'était à l'époque où je ne pouvais pas passer deux mois sans tomber malade ou me casser quelque chose. Cet été-là, j'avais eu quarante de fièvre pendant plusieurs semaines à cause d'un abcès que les antibiotiques ne parvenaient pas à résorber. Jacques m'avait fait venir pour que je me refasse une santé. Il m'avait loué une chambre avec un balcon face au mont Blanc. Il avait parlementé des heures au téléphone avec mon père pour que je manque la rentrée des classes. C'était criminel, disait-il, de m'envoyer au collège dans cet état. Mon père avait fini par céder. Ma mère et Jacques faisaient deux promenades par jour. La première seuls, la seconde avec moi. Par moments il se prenaient la main et je baissais les yeux, aussi gênée que si je les avais vus ôter leurs vêtements. Nous marchions jusqu'à un promontoire qui donnait sur les sommets enneigés à perte de vue. Je regardais ma mère qui regardait les Alpes, et je voyais qu'elle considérait ce paysage comme un cadeau, une sorte de dot que Jacques déposait à ses pieds.

L'été suivant, Irène et moi étions chez notre grand-mère, et Jacques et notre mère nous avaient rejointes quelques jours. En découvrant le lac en contrebas, Jacques, qui venait là pour la première fois, était aussitôt allé acheter deux kayaks. Des kayaks professionnels, évidemment, pas des bateaux en plastique. Ils étaient si lourds qu'il fallait être deux pour les soulever. Ils étaient recouverts d'une toile bleu sombre très dense, imperméable. Jacques nous emmenait Irène et moi, chacune notre tour, en promenade sur le lac, le soir quand il n'y avait plus personne. Je le suivais comme un caneton suit sa mère, je restais dans son sillage et je tâchais de caler mes mouvements de pagaie sur les siens. Gauche, droite, gauche, droite, j'aimais regarder ma pagaie descendre et crever la surface, puis remonter dans une pluie de gouttelettes. Je tentais de faire le moins de bruit possible. Nous ne parlions pas. Nous étions chacun dans nos pensées. De temps à autre Jacques tournait la tête pour vérifier que je suivais toujours. Et quand les épaules me faisaient mal jusqu'à la brûlure, je serrais les dents, j'essayais de décontracter mes muscles, je voulais continuer à filer au ras de l'eau derrière lui, pas question de regagner la rive.

15

Depuis des mois, Jacques avait cessé de payer le loyer de la maison d'Abidjan. Il avait invité la propriétaire à venir constater que la valeur de sa maison avait été multipliée par deux, peut-être même par trois, au fil des années. Ce qui n'était à l'origine qu'une petite maison rectangulaire sur un terrain en friche était devenu une villa avec piscine et terrasse. Il y avait des massifs d'hibiscus, un patio, un mur d'enceinte, sans parler de la petite maison que Jacques avait fait construire pour nos amis et notre famille qui n'étaient jamais venus.

La propriétaire, qui possédait plusieurs petites maisons dans différents quartiers d'Abidjan ainsi que le restaurant où nous avions souvent dîné, au bord de la lagune, prétendait ne pas être intéressée par ces améliorations. Ce qu'elle voulait, c'était un loyer chaque mois. Et comme Jacques ne payait toujours pas, elle l'a fait expulser.

Jacques avait quitté Le Havre vers la fin du mois de janvier. En février, il emménageait dans un hôtel bon marché grouillant de cancrelats, où la climatisation ne fonctionnait qu'un jour sur trois. Il avait entassé tout son matériel de bureau dans sa chambre. Nous ignorions s'il avait pu entreposer ses meubles quelque part. Nous ignorions aussi comment il faisait pour conserver son insuline puisqu'il n'avait plus de réfrigérateur. Nous recevions par fax des messages laconiques.

Je fais tout à pied, c'est épuisant.

Ce qui signifiait qu'il avait dû vendre sa voiture, ou bien qu'elle avait été saisie. Et qu'il n'avait la plupart du temps pas assez d'argent pour prendre un taxi. J'étais frappée par l'image de Jacques marchant le long de la rocade, en plein soleil, ses jambes maigres flottant dans son pantalon. J'essayais de la chasser de mon esprit.

Priez pour moi, mes enfants.

Jacques n'avait jamais cru en Dieu. Ma mère priait. Avec ferveur et confiance. Je savais qu'elle récitait des kilomètres de chapelets en conduisant pour se rendre à l'agence, ou aller faire visiter un appartement. Elle priait en faisant ses courses, en étendant le linge. Elle m'en parlait parfois, et j'avais l'impression que dans ses prières, elle s'adressait à une armée d'anges gardiens dont elle était à la fois la protégée et le chef de guerre. J'ai tenté de prier, mais avec le sentiment constant que le ciel était sourd, ou que la sincérité me fuyait et que pour cette raison, le ciel resterait sourd. Combien de fois avais-je supplié à genoux que Jacques appelle quand ma mère était aux abois et qu'il demeurait injoignable, résolument injoignable. Combien de fois avais-je prié avec rage pour que cette torture cesse, et il ne s'était jamais rien passé.

Un soir, Jacques a téléphoné pour expliquer à ma mère qu'ils devaient divorcer, c'était urgent, afin d'éviter que notre maison au Havre ne soit saisie. Ainsi, après avoir songé à divorcer pour de vrai, ma mère devait le faire pour de faux. Mais pour que la maison soit sauvée, il fallait qu'elle soit à son nom, et pour cela ma mère devait racheter sa part, ce qui lui était impossible.

Elle a téléphoné à son ami Michel, ainsi qu'à Suzanne, pour leur demander de lui prêter de l'argent. C'était la première fois qu'elle s'y résolvait. Ils ont accepté. Elle a aussitôt envoyé une somme d'argent à Jacques. Il a quitté l'hôtel, en y laissant des dettes, et a loué une petite maison dans le vieux Cocody. Il a pu se réinstaller un bureau.

Irène s'était inscrite à la fac, à Paris. Elle avait trouvé une place de fille au pair dans le 7e arrondissement, ce qui lui permettait d'avoir une chambre de bonne. Elle revenait presque tous les week-ends. Ma mère était souvent triste, je me rappelle qu'elle ne supportait plus sa patronne. Et personne ne semblait avoir envie d'acheter les appartements dont elle s'occupait. En septembre elle avait eu des nouvelles régulières de Jacques, mais ensuite plus rien pendant plusieurs semaines. Enfin un dimanche soir, un fax est arrivé. Une longue lettre dans laquelle Jacques expliquait qu'il se battait avec acharnement pour libérer les deux seules machines qu'il lui restait, immobilisées parce que depuis des mois il n'avait pas payé la société de manutention qui assurait leur gardiennage et leur entretien. Il avait un contrat en vue qu'il risquait de perdre s'il échouait. Il disait aussi qu'on lui avait coupé l'électricité depuis trois semaines, mais qu'il réglerait ce problème *en son temps.* Il précisait qu'il avait un ami qui n'habitait pas loin et qui conservait pour lui ses doses d'insuline. Cet ami lui avait aussi prêté une glacière. Par ailleurs il envisageait d'acheter un petit groupe électrogène. Il terminait en disant : *Je vais gagner*, et cette victoire annoncée sonnait plus vaste que la simple résolution d'un conflit avec la société de manutention ou la compagnie d'électricité. Elle ressemblait à une apothéose, à une victoire définitive. Il avait d'ailleurs ajouté en post-scriptum : *Surtout insistez auprès de la voisine pour qu'elle nous prévienne si elle décide de vendre sa maison. Dites-lui que nous sommes très intéressés.*

C'était un soulagement immense de savoir que Jacques n'était pas seul et qu'il avait un réfrigérateur à sa disposition. Mais je me rappelle avoir éprouvé, pendant quelques instants, un pincement de jalousie. Jacques, l'homme sans ami, avait désormais un ami. Nous n'étions plus son unique soutien. L'homme le plus seul au monde n'était plus tout à fait seul au monde. Il s'était attaché à quelqu'un d'autre que nous. Et quelqu'un d'autre que nous l'avait accepté, lui, le fou, l'excessif, le maniaque. Notre gloire en était un peu ternie. Nous nous sommes demandé qui pouvait être cet ami. Nous avons relu le fax pour y trouver des indices qui auraient pu nous échapper. Était-ce un client ? Un collaborateur ? Un simple voisin ? Un avocat ? Mais il n'y avait aucun indice. À part peut-être le numéro du fax dont Jacques s'était servi pour envoyer sa lettre.

Ma mère lui a répondu aussitôt à ce numéro, disant qu'elle lui envoyait de l'argent pour qu'il puisse au moins faire rétablir l'électricité. Elle craignait que cet envoi ne serve à rien, qu'il ne s'en serve pas pour payer ses factures en retard. Jacques était capable de refuser de payer sous prétexte que les coupures de courant étaient quotidiennes et que la compagnie d'électricité était dans son tort.

16

Sûrement ma mère a-t-elle cru que Jacques s'en sortirait. Elle avait connu tant de retournements de situation spectaculaires. Un été, à Abidjan, au début de leur mariage, alors qu'Irène et moi habitions encore avec notre père, les huissiers étaient venus une première fois frapper à leur porte. Jacques était parti chercher son avocat dans le quartier du Plateau. Il avait dit à ma mère de tenir, de gagner du temps jusqu'à son retour. Elle avait parlementé pendant près de trois heures, seule face à un groupe de quatre hommes. Ils voulaient entrer dans la maison, elle les en empêchait. Elle affirmait qu'il s'agissait d'une erreur, que son mari allait en apporter la preuve, d'un instant à l'autre. De temps en temps l'un des huissiers empoignait son diable et le faisait basculer, comme s'il s'apprêtait à forcer la porte avec. Ces trois heures durant lesquelles ma mère s'était tenue devant la porte close, la clé au fond de sa poche, lui avaient semblé les plus longues de sa vie. Comme dans un conte, elle avait parlé, rusé, fait la conversation, changé de sujet. Régulièrement, ils disaient, On va entrer dans la maison, maintenant, madame. Elle répondait, S'il vous plaît, messieurs, je vous prie d'avoir encore un peu de patience, mon mari ne va pas tarder.

Elle n'avait pas osé leur proposer à boire parce qu'elle craignait, si elle ouvrait la porte, qu'ils ne s'engouffrent à sa suite. En fin d'après-midi, Jacques avait fini par arriver, un papier du tribunal à la main. La saisie était annulée. Quelques jours plus tard, Jacques avait loué toutes ses machines et il achetait deux nouveaux bulldozers.

Mais si jusqu'ici bien des catastrophes avaient été évitées, il n'y avait pas eu de coup de théâtre, seulement le sentiment épuisant de nager la tête au ras de l'eau, à la merci d'une série de vagues plus fortes que les précédentes. Comme ma mère, je pensais que les choses s'arrangeraient, mais je le pensais mécaniquement, par habitude. C'était une forme de déni, une paresse de la pensée. J'en avais simplement assez que tout aille mal, de voir ma mère triste et de la sentir vivre chaque jour sous une chape d'angoisse. Seul Jacques, je pense, croyait à son redressement spectaculaire.

Un samedi de novembre, ma mère a reçu un appel d'Abidjan, mais ce n'était pas Jacques. Un homme s'est présenté sous le nom d'André Vernet. Je suis un ami de votre mari. Je suis désolé, madame, j'ai une triste nouvelle. Votre mari est décédé.

Ma mère était seule, ce jour-là. J'avais rejoint Irène à Paris. Nous avons passé la soirée dans sa chambre de bonne. Le lendemain matin je repartais au Havre et j'ai appelé ma mère de la gare Saint-Lazare avant de prendre le train. Je me souviens de sa voix étrange, presque atone, et si faible au milieu du brouhaha de la gare. Jacques est mort. Il a été trouvé mort chez lui.

Quand je suis arrivée à la maison, ma mère m'attendait. Elle était très pâle, ses yeux étaient secs, elle semblait dissociée, parlant et agissant comme si tout était normal. Elle m'a raconté ce que cet homme, André Vernet, lui avait dit.

Il avait laissé un message à Jacques, la veille, dans sa boîte aux lettres. Il était 4 heures de l'après-midi et Jacques n'était pas là. Il avait une bonne nouvelle pour lui. Une signature de contrat. Il s'était étonné que Jacques ne le rappelle pas dans la soirée ni le lendemain matin, alors vers midi, il avait décidé d'aller le voir. La maison était silencieuse, il avait frappé à la porte puis, comme elle n'était pas verrouillée, il était entré. Il n'y avait qu'une pièce, qui servait à la fois de bureau, de séjour et de chambre.

Il avait trouvé Jacques inanimé, couché en travers de son lit. Il était mort depuis plusieurs heures, peut-être était-il mort la veille au soir. À sa tempe, la marque d'une blessure. Peut-être avait-il eu un étourdissement et s'était-il cogné en tombant. Il s'était évanoui et ne s'était pas réveillé, faute d'avoir pu prendre son insuline ou le repas qui devait suivre sa piqûre. Sur la table de chevet, il y avait une bouteille de bordeaux entamée et un verre à moitié vide. Jacques avait-il voulu célébrer la bonne nouvelle qu'il venait de recevoir ? Cela lui ressemblait de refuser de croire qu'un verre de vin à jeun pouvait le tuer.

Devant l'unique fenêtre il y avait sa table de travail. Une machine à écrire, un cendrier plein, à côté duquel était posé son étrange fume-cigarette, des piles de papiers et tout autour, un continent de cire fondue, figée en nappes successives, dans lesquelles d'innombrables bougies consumées, empilées les unes sur les autres, formaient de petites montagnes. À certains endroits, les coulées de cire avaient débordé de la table et formé de longues stalactites.

C'est à ce moment que la voix de ma mère s'est brisée.

Cette image, plus que toute autre, avait frappé André Vernet, disait-elle, il n'avait pu s'empêcher de la décrire dans ses moindres détails.

Aujourd'hui encore, chaque fois que je vois une bougie dans laquelle la mèche a fini par se noyer, chaque fois que je vois une coulée de cire figée sur une table, je pense à Jacques. Cela fait quarante ans que cette image, que je n'ai jamais vue moi-même, me déchire le cœur.

17

Ma mère n'avait pas les moyens de faire rapatrier le corps. Elle a pu réunir une somme tout juste suffisante pour qu'il ne soit pas enterré dans la fosse commune. Elle a prévenu Suzanne qu'il lui fallait refuser tout héritage de son frère, sous peine de se trouver face à un océan de dettes.

Ma mère a fait dire une messe dans la chapelle de l'église en face de chez nous. Suzanne n'a pas pu faire le voyage jusqu'au Havre pour y assister. Il n'y avait donc que nous trois, et les fidèles de la messe du mercredi matin. Leurs visages nous étaient pour la plupart inconnus. La chapelle était séparée de la nef par un épais rideau noir afin de garder la chaleur diffusée par deux radiateurs électriques. Je me rappelle avoir sursauté quand le prêtre a prononcé le nom de Jacques. J'avais envie de lui dire, Mais vous ne savez même pas qui c'est.

Quelques mois après la mort de Jacques, ma mère a décidé de déménager. Elle voulait quitter Le Havre et s'installer à Lyon, où elle avait vécu autrefois. Michel, son ami avocat, y habitait et pouvait l'aider, disait-il, à trouver un emploi dans un cabinet de courtage.

Le Havre était la ville de Jacques, celle où il avait passé toute son enfance, celle où avaient vécu ses parents jusqu'à leur mort, peu avant notre installation. La ville qu'il avait vue détruite et reconstruite. Quand ma mère avait choisi de revenir en France – et c'est peut-être la seule fois dans sa vie où Jacques a accepté une décision qui lui était imposée –, elle avait tout de suite proposé Le Havre. C'était une façon de lui dire qu'elle restait avec lui, sur ses terres.

Ma mère a donné sa démission. L'été approchait, nous vivions les fenêtres ouvertes. Je m'allongeais dans le jardin pour faire semblant de réviser mon bac. La tête renversée dans l'herbe, j'écoutais les oiseaux et je regardais le ciel et la maison à l'envers. Je travaillais à me séparer d'elle. Au fur et à mesure que nous faisions les cartons, ma mère vendait des meubles. J'ai évité d'être présente, le jour où le piano a été enlevé. À mon retour, le soir, sa place vide trouait la pièce et je n'ai pu m'empêcher de penser au regard ébloui de Jacques, le soir où il avait été livré.

18

Presque deux ans après la mort de Jacques, je travaillais chez un disquaire. C'était une boutique minuscule, tout près de la salle Favart, qui ne vendait que des disques de musique classique, beaucoup d'opéra, et parfois des disques introuvables ou des raretés. Le propriétaire, un homme très gentil avec des lunettes et une moustache poivre et sel, acceptait de me prêter des disques d'occasion. Je les empruntais le samedi soir et je les rapportais le mardi. Quand je les aimais, j'en profitais pour les enregistrer. Un soir, comme je n'étais pas chargée et qu'il faisait beau, j'ai décidé de rentrer à pied. Je partageais un deux pièces rue du Faubourg-Saint-Denis. Je remontais la rue La Fayette quand soudain j'ai reconnu Tony Gemayel, assis à une terrasse de café. Je ne l'avais pas vu depuis Abidjan, mais je l'ai reconnu tout de suite. Ses parents avaient un grand magasin d'ameublement et de décoration, et Jacques était l'un de leurs meilleurs clients. C'est chez eux qu'il avait acheté, entre autres, tout le mobilier et les rideaux de nos chambres, à Irène et moi, quand nous étions arrivées en Côte d'Ivoire. À cette époque, Tony, qui était plus âgé que nous, avait commencé des études en France, mais dès qu'il avait des vacances, il rentrait à Abidjan et aidait ses parents au magasin. C'était un garçon vif et très mince, avec de grands yeux sombres sous des sourcils épais, et de longues jambes élastiques qui semblaient jaillir de son bermuda. Il était venu chez nous avec son père un nombre incalculable de fois pour monter des bibliothèques, installer des stores ou des appliques. Nous avions même parfois joué au baby-foot ensemble pendant que Jacques buvait un verre de vin blanc avec son père. Irène et moi n'avions pas réussi à marquer un seul but contre lui.

J'ai regardé Tony. Il était seul et fumait en buvant un Coca. J'hésitais à l'aborder, j'étais certaine qu'il ne me reconnaîtrait pas, mais soudain il m'a vue et j'ai lu dans ses yeux que mon visage lui disait quelque chose. Alors je me suis approchée.

– Vous êtes bien Tony ? On s'est connus à Abidjan…

Tony m'a interrompue d'un signe de la main, il voulait me montrer qu'il se rappelait mon prénom.

– Tu es Anna, c'est ça ?

Il s'est levé de sa chaise. Quand il a souri, ses yeux se sont plissés et j'ai vu combien il ressemblait à son père à présent. Nous étions un peu empruntés, nous avons échangé des phrases banales sur cette rencontre extraordinaire. C'est fou, ai-je répété, j'ai failli prendre le métro et finalement j'ai décidé de rentrer chez moi à pied. Puis je lui ai demandé des nouvelles de ses parents, de ses nouvelles à lui, je posais une question après l'autre, sans réfléchir. J'ai vaguement compris que ses parents étaient en train de quitter la Côte d'Ivoire. Ils désiraient rentrer au Liban, mais ils ne le pouvaient pas à cause de la guerre. Je n'écoutais pas vraiment ses réponses. Et je voyais que lui aussi me répondait distraitement, sa pensée était ailleurs et il me fixait étrangement. Il y a eu un silence et il a dit :

– C'est triste, ce qui est arrivé à ton beau-père.

J'ai fait oui de la tête, incapable de parler.

– Mon père l'aimait bien. Il disait que c'était un homme particulier, mais il l'aimait bien. Un gentleman, il disait. C'est triste qu'il ait fait de la prison. Ça a dû être terrible pour lui.

C'était comme si je venais d'être giflée par la lanière d'un fouet. Le choc était si brutal que je n'entendais plus rien. Les yeux de Tony me fixaient toujours, ils étaient emplis de compassion et elle m'était insupportable. Comment pouvait-il savoir que Jacques avait fait de la prison, alors que moi je l'ignorais ?

L'ami avec qui Tony avait rendez-vous est arrivé à cet instant et j'en ai profité pour m'enfuir.

Je marchais dans la rue La Fayette, la vue brouillée, une douleur lancinante dans la poitrine. Je le savais, bien sûr, je le savais. Jacques avait fait de la prison pour dettes après avoir été expulsé de sa maison. Quelques mois après sa mort, sa sœur Suzanne avait reçu des papiers du consulat de France à Abidjan, parmi lesquels figurait un extrait de son casier judiciaire. Ma mère me l'avait dit. Je l'avais su et volontairement oublié. J'avais banni cette information de ma mémoire.

J'ai eu envie d'appeler Irène d'une cabine, et je ne l'ai pas fait. L'emprisonnement de Jacques, nous n'en avons jamais parlé ensemble. Les derniers mois de la vie de Jacques sont encore aujourd'hui une sorte de trou noir. Nous marchons autour, nous n'y posons pas le pied.

Je possède, rangée au fond d'une boîte, une cassette audio avec une étiquette bleue. C'est Jacques qui l'a enregistrée. L'enregistrement est très court et je le connais par cœur. Chers auditeurs de France Musique, dit Jacques, d'une voix chaude et suave, en cette journée exceptionnelle, nous sommes en direct de la maison de la culture du Havre, où une jeune pianiste, dont vous devrez retenir le nom, s'apprête à jouer pour nous une composition d'Erik Satie, *Daydreaming.* Mais je vois que la jeune artiste se concentre. Je me tais. Place à Erik Satie.

Suivent des notes timides au tempo incertain. J'entends l'application extrême d'Irène et sa fébrilité. À un moment, elle fait une faute, et je ressens sa déception. Elle hésite à reprendre, elle enchaîne. Et comme le morceau est très court, c'est déjà fini.

J'ai conservé cette cassette à travers une dizaine de déménagements. Il m'est impossible de l'écouter.

RÉALISATION : NORD COMPO À VILLENEUVE-D'ASCQ
IMPRESSION : NORMANDIE ROTO IMPRESSION S.A.S. À LONRAI
DÉPÔT LÉGAL : JANVIER 2025. N° 1955-4 (2502573)
IMPRIMÉ EN FRANCE